UNE ROSE SEULE

DU MÊME AUTEUR

UNE GOURMANDISE, Gallimard, 2000 ; Folio n° 3633.

L'ÉLÉGANCE DU HÉRISSON, Gallimard, 2006 ; Folio n° 4939.

LA VIE DES ELFES, Gallimard, 2015 ; Folio n° 6569.

UN ÉTRANGE PAYS, Gallimard, 2019.

UNE ROSE SEULE, Actes Sud, 2020 ; Babel n° 1816.

LES CHATS DE L'ÉCRIVAINE, Les Éditions de l'Observatoire, 2020.

ISBN 978-2-330-16536-9

MURIEL BARBERY

UNE ROSE SEULE

roman

BABEL

à Chevalier, toujours
à mes morts

sur le toit de l'enfer

1

On raconte que dans la Chine ancienne, sous la dynastie des Song du Nord, un prince faisait chaque année cultiver un carré de mille pivoines dont, à l'orée de l'été, les corolles ondulaient dans la brise. Durant six jours, assis sur le sol du pavillon de bois où il avait coutume d'admirer la lune, buvant de temps à autre une tasse de thé clair, il observait celles qu'il appelait ses filles. À l'aube et au couchant, il arpentait le carré.

Au commencement du septième jour, il ordonnait le massacre.

Les serviteurs couchaient les belles assassinées, la tige brisée, la tête allongée vers l'est, jusqu'à ce qu'il ne reste plus sur le champ qu'une unique fleur, les pétales offerts aux premières pluies de mousson. Alors, les cinq jours suivants, le prince demeurait là en buvant du vin sombre. Sa vie entière tenait dans ces douze révolutions de soleil ; toute l'année, il ne pensait qu'à elles ; lorsqu'elles étaient passées, il faisait vœu de mourir. Mais les heures dédiées à choisir l'élue puis à jouir de leur tête-à-tête muet contenaient tant de vies en une seule qu'il ne voyait pas de sacrifice dans les mois de deuil.

Ce qu'il ressentait en contemplant la survivante ? Une tristesse en forme de gemme étincelante à laquelle se mêlaient des éclats d'un bonheur si pur, si intense, que son cœur défaillait.

Un carré de mille pivoines

Alors que Rose se réveillait et, regardant autour d'elle, ne comprenait pas où elle se trouvait, elle vit une pivoine rouge aux pétales renfrognés. Quelque chose passa en elle dans un parfum de regret ou de bonheur enfui. D'ordinaire, ces mouvements intérieurs griffent le cœur avant de s'évanouir comme un songe mais, parfois, le temps transfiguré offre à l'esprit une transparence nouvelle. C'est ce qu'éprouvait Rose, ce matin-là, dans le face à face avec la pivoine qui, de son vase exquis, dévoilait ses étamines dorées. Un instant durant, il lui parut qu'elle pouvait rester sans fin dans cette chambre nue, à contempler cette fleur, à se sentir *exister* comme jamais. Elle observa les tatamis, les parois de papier, la fenêtre ouverte sur des branchages dans le soleil, la pivoine froissée ; enfin, elle s'observa elle-même comme une inconnue rencontrée la veille.

La soirée lui revint par salves – l'aéroport, le long trajet dans la nuit, l'arrivée, le jardin éclairé de lanternes, la femme en kimono agenouillée sur le plancher surélevé. À gauche de la porte coulissante par où elle était entrée, des branches de magnolia d'été, jaillies d'un vase aux flancs sombres, attrapaient la lumière par averses successives. On eût dit une eau brillante tombant en pluie sur les fleurs, les ombres sur les murs scintillaient, alentour c'était une obscurité étrange, frémissante. Rose y distinguait des parois sablées, des pierres plates faisant chemin jusqu'au plancher haut, des esprits secrets ; toute une vie de pénombre parcourue de soupirs.

La Japonaise l'avait menée à sa chambre. Dans la salle adjacente, la vapeur d'un bain montait d'un grand bassin de bois lisse. Rose s'était glissée dans l'eau brûlante, saisie par le dénuement de cette crypte humide et silencieuse, par son décor boisé, par ses lignes pures. En sortant du bain, elle s'était vêtue d'un kimono de coton léger comme on pénètre un sanctuaire. De même, elle était entrée dans les draps avec un inexplicable sentiment de ferveur. Puis tout avait passé.

On frappa discrètement et la porte glissa en chuintant. La femme de la veille vint poser un plateau devant la fenêtre à petit pas précis. Elle dit quelques mots, recula par glissades douces, s'agenouilla, s'inclina, referma la porte. Au moment où elle disparut, Rose vit palpiter ses paupières baissées et fut frappée par la beauté de son kimono brun ceint d'une obi brodée de pivoines roses. Le souvenir de sa voix cristalline aux fins de phrase brisées tinta dans l'atmosphère avec une tonalité de gong.

Rose inspecta les mets inconnus, la théière, le bol de riz ; chacun de ses mouvements lui faisait l'effet d'une profanation. Dans le cadre nu de la fenêtre où coulissait une vitre doublée d'un paravent de papier, elle voyait, frissonnantes et ciselées, les feuilles d'un érable et, au-delà, un panorama plus vaste. C'était une rivière aux berges bordées d'herbes folles avec, de chaque côté d'un lit pierreux, des allées de sable et d'autres érables mêlés de cerisiers. Au milieu du gué, dans les flots paresseux, campait un héron gris. Par-dessus la scène passaient des nuages de beau temps. La puissance de l'eau vive la frappa. Où suis-je ? pensa-t-elle, et bien qu'elle sût que cette ville était Kyōto, la réponse se dérobait comme une ombre.

On frappa de nouveau. Oui ? dit-elle, et la porte s'ouvrit. La ceinture de pivoines réapparut ; cette fois, la femme agenouillée lui dit : Rose san get ready ? en montrant la porte de la salle de bains. Rose hocha la tête. Qu'est-ce que je fiche ici ? se demanda-t-elle, et bien qu'elle sût qu'elle était venue là entendre le testament de son père, la réponse se dérobait encore. Dans la chapelle vaste et vide du bain, à côté du miroir, une pivoine blanche aux pétales fugitivement trempés dans une encre carmin séchait à l'air comme une peinture fraîche. La lumière matinale, versée par une ouverture quadrillée de bambou, jetait des lucioles sur les murs et, un instant, inondée d'un chatoiement de vitrail, elle se crut dans une cathédrale. Elle s'habilla, sortit dans le couloir, prit à droite, rebroussa chemin en arrivant à une porte fermée, suivit des méandres de plancher et de papier. Après un coude, les cloisons devinrent d'un bois foncé où se distinguaient des panneaux coulissants puis, après un autre coude, elle se trouva dans une grande pièce au centre de laquelle vivait un érable. Ses racines s'enfonçaient dans une mousse au plissé de velours ; caressant le tronc, une fougère côtoyait une lanterne de pierre ; tout autour courait une galerie vitrée ouverte sur le ciel. Par éclats de monde morcelé, Rose voyait le plancher de bois, les sièges bas, les tables laquées et, à droite, dans un grand vase d'argile, un arrangement de branches piquées de feuilles inconnues, vibrantes et légères comme des fées ; mais l'arbre crevait l'espace d'une déchirure où se noyaient ses perceptions et Rose sentait qu'il l'attirait à lui, qu'il aimantait son souffle, qu'il ferait de son corps un arbrisseau à la ramure murmurante. Après un moment, elle s'arracha au sortilège, alla de l'autre côté du jardin intérieur où de grandes croisées donnaient sur la rivière, en ouvrit un panneau qui glissa sans bruit sur ses rails de bois. Le long des berges à cerisiers, battements fluides de l'espace-temps, passaient des coureurs matinaux, et Rose désira se fondre dans leur course sans passé ni avenir, sans attaches ni histoire ; désira n'être plus qu'un point mouvant inscrit dans le flux de saisons et de montagnes qui traverse les cités jusqu'aux océans. Elle regarda au-delà. La maison de son père était bâtie un peu en hauteur, au-dessus d'une allée de sable qu'on distinguait entre les branches des arbres. Sur l'autre rive, la même allée de sable, les mêmes cerisiers, les mêmes érables et, plus loin encore, surplombant la rivière, une rue, d'autres maisons – la ville. Enfin, fermant l'horizon, des collines moutonnantes.

Elle rentra dans le sanctuaire de l'arbre. La Japonaise l'attendait.

— My name Sayoko, lui dit-elle.

Rose hocha la tête.

— Rose san go for a stroll ? demanda Sayoko.

Puis, avec un accent insolite, un peu rougissante :

— Promenade ?

De nouveau, les fins de phrase en écho de note brisée, les paupières nacrées comme un coquillage.

Rose hésita.

— The driver outside, dit Sayoko. Wait for you.

— Oh, dit Rose, all right.

Elle se sentit bousculée et l'arbre, derrière Sayoko, l'appela de nouveau à lui, étrange et séducteur.

— I forgot something, dit-elle, et elle s'enfuit.

Dans la salle de bains, elle se trouva face à la pivoine blanche, à ses pétales laqués de sang, à sa corolle de neige. Hyoten, murmura-t-elle. Elle resta là un instant puis, prenant son chapeau de toile, quitta la chapelle de silence et d'eau et alla au vestibule. Dans la lumière du jour, les fleurs de magnolia s'incurvaient comme des papillons – comment font-ils ça ? se demanda-t-elle avec irritation. Devant la maison, le chauffeur de la veille, en costume noir et casquette blanche, s'inclina quand elle parut. Il lui tint la porte avec déférence, la referma avec douceur. Elle observa dans le rétroviseur la fente de ses yeux, minces traits à l'encre noire battant sans dévoiler leurs iris et, curieusement, cet abîme du regard lui plut. Bientôt, il lui sourit d'une façon enfantine qui illumina son visage de cire.

Ils traversèrent un pont et, passant sur l'autre rive, se dirigèrent vers les reliefs. Elle découvrait la ville dans un chaos de béton, de fils électriques et d'enseignes au néon ; çà et là, la silhouette d'un temple s'égarait dans cette marée de laideur. Les collines se rapprochaient, le quartier devenait résidentiel et, enfin, ils furent le long d'un canal bordé de cerisiers. Ils descendirent de la voiture en contrebas d'une rue bordée d'échoppes où déambulaient des touristes. En haut de la montée, ils passèrent un portail de bois – Silver Pavilion, dit le chauffeur. Elle fut frappée par sa présence évanescente, comme s'il s'absentait de lui-même, tendu vers elle, vers sa seule satisfaction. Elle lui sourit, il eut un petit signe de la tête.

Alors ce fut un ancien monde de bâtiments de bois aux toits de tuiles grises. Au-devant, il y avait de grands pins étranges dans des carrés de mousse ; des allées de pierre cheminaient entre des bandes de sable gris ; on y avait tracé au râteau des lignes parallèles et convié quelques azalées. Ils passèrent la porte qui menait aux jardins principaux. À droite, au bord d'un étang, par la grâce de ses toits recourbés, le vieux pavillon prenait son envol, et Rose eut l'impression troublante qu'il respirait, qu'une vie organique était réfugiée dans ces cloisons et ces galeries sans âge, ces ouvertures de papier blanc lançant sur l'eau leurs longs reflets laiteux. En face s'élevait un grand monticule de sable au sommet arasé, à gauche commençait une vaste étendue du même sable, rayée de sillons parallèles et incurvée à son extrémité en vague sur le rivage. Si on regardait l'ensemble, on voyait d'abord ce flot minéral, ensuite le simulacre de montagne au sommet aplati, le pavillon aux toitures ailées ; plus loin des étangs en eaux de mercure, des pins taillés de la façon dont s'élancent les oiseaux, quelques azalées encore ; partout, cernées d'une mousse rase et lumineuse, ancrées dans les berges, des pierres séculaires. Enfin, les jardins cheminaient jusqu'à une esplanade où s'amassait la foule des visiteurs. Entre Rose et elle, par avalanches de feuilles dentelées, ruisselaient des érables étagés sur le flanc de la montée.

Elle se sentait assommée de beauté, de minéralité et de bois ; tout lui était torpeur, tout lui était intense ; je ne peux pas revivre ça, se dit-elle avec un mélange de lassitude et d'effroi. Mais, tout de suite après : Il y a quelque chose ici. Son cœur se mit à battre, elle chercha du regard un endroit pour s'asseoir. *Comme en pays d'enfance*. Elle s'adossa à la galerie de bois du bâtiment principal ; son regard s'accrocha sur une azalée ; l'effroi et l'allégresse infusés des pétales mauves se fondirent en une émotion nouvelle et elle pensa qu'elle se trouvait au cœur d'un sanctuaire d'eau pure et glacée.

Ils suivirent le sentier de visite, s'arrêtèrent un instant sur le petit pont de bois qui, enjambant les eaux grises, menait aux érables et aux hauteurs du jardin. Tout autour des étangs couraient d'autres grands pins étranges. Rose leva les yeux et reçut la foudre ramifiée des aiguilles en plein ciel ; les troncs sombres jetaient la force de la terre dans ces éclairs végétaux ; elle se sentait aspirée par un flux de nuages et de mousse. Le chauffeur marchait d'un pas mesuré, se retournait de temps à autre, l'attendait sans impatience, repartait au signe qu'elle lui faisait. Son allure tranquille apaisait Rose, redonnait au monde un grain de réalité que la puissance du jardin dissolvait dans les arbres. À présent, le sentier bordé de grands bambous verts menait à un escalier de pierre ; sur le côté, elle aurait pu toucher du doigt la mousse veloutée où s'enracinaient les érables. Marche après marche, les branches recomposaient un tableau de perfection et cette chorégraphie visuelle la prenait au cœur mais l'irritait aussi – cependant cette irritation, comprit-elle avec étonnement, lui faisait du bien. Enfin, ils débouchèrent sur la petite esplanade ; en contrebas, le pavillon, les bâtiments de bois, les toits de tuiles grises, le sable sculpté ; au-delà, Kyōto et, au-delà encore, d'autres reliefs. We are East, dit le chauffeur et, montrant l'horizon : West mountains.

Elle prenait la mesure de la ville. Tout, en elle, tenait à la présence des montagnes qui, à l'est, au nord et à l'ouest, l'enserraient à angles droits. C'étaient de grandes collines, en réalité, dont les découpes faisaient au regard une sensation d'altitude. Vertes et bleues dans la lumière du matin, elles coulaient vers la cité leurs à-plats arborés. En face d'elle, au-delà d'une petite éminence de verdure, la ville semblait laide, bétonnée. Le regard de Rose revint vers les jardins, en contrebas, et leur *précision* la frappa – leur évidence adamantine, leur pureté aiguisée de douleur, la manière qu'ils avaient de ressusciter les sensations de l'enfance. Comme dans les rêves d'autrefois, elle se débattait dans une eau noire et glacée, mais en plein jour, dans une profusion d'arbres, dans les pétales tachés de sang d'une pivoine blanche. Elle s'accouda à la rambarde en bambou, scruta la colline voisine, y chercha *quelque chose*. La femme accoudée à côté d'elle lui sourit.

— Vous êtes française ? demanda-t-elle avec un accent anglais.

Rose se tourna vers elle, perçut le visage ridé, les cheveux gris, la veste de belle facture.

Sans attendre la réponse, la femme reprit.

— Merveilleux, n'est-ce pas ?

Rose acquiesça.

— C'est le résultat de siècles de dévouement et d'abnégation.

L'Anglaise rit de ses propres paroles.

— Tant de souffrance pour un seul jardin, dit-elle du ton léger de la frivolité.

Mais elle regardait Rose avec intensité.

— Enfin, dit-elle alors que Rose se taisait toujours, vous préférez peut-être les jardins anglais.

Elle rit encore, caressa négligemment la rambarde.

— Non, dit Rose, mais cet endroit me bouleverse.

Elle eut envie de parler de l'eau glacée, hésita, renonça.

— Je suis arrivée cette nuit, dit-elle finalement.

— C'est votre premier séjour à Kyōto ?

— C'est mon premier séjour au Japon.

— Le Japon est un pays où on souffre beaucoup mais où on n'y prend pas garde, dit l'Anglaise. Pour récompense de cette indifférence au malheur, on récolte ces jardins où les dieux viennent prendre le thé.

Rose s'en agaça.

— Je ne pense pas, dit-elle, rien ne récompense la souffrance.

— Croyez-vous ? demanda l'Anglaise.

— La vie fait mal, dit Rose. Il n'y a aucun bénéfice à attendre de ça.

L'Anglaise détourna la tête, s'abîma dans la contemplation du pavillon.

— Si on n'est pas prêt à souffrir, dit-elle, on n'est pas prêt à vivre.

Elle s'écarta de la rambarde, sourit à Rose.
— Bon séjour, dit-elle.

Rose se tourna vers le chauffeur. Il suivait des yeux l'Anglaise dont la silhouette disparaissait sous les ramures des érables avec une expression mêlée d'inimitié et de crainte. Elle prit le chemin de la descente. Tandis qu'elle foulait la dernière marche de l'escalier de pierre noire qui ralliait l'étang devant le pavillon, elle s'arrêta, assaillie par la pensée que personne ne l'attendait nulle part. Elle était venue entendre le testament d'un père qu'elle n'avait pas connu ; toute sa vie consistait en cette succession de fantômes qui commandaient ses pas et ne lui donnaient rien en retour ; elle allait toujours vers le vide et l'eau glacée. Elle se souvint d'un après-midi dans le jardin de sa grand-mère, de la blancheur du lilas, des herbettes à l'orée du domaine. Les paroles de l'Anglaise lui revinrent en mémoire et, avec elles, un sentiment de révolte. Plus jamais, dit-elle à voix haute. Alors elle contempla l'eau grise, le pavillon, le sable sculpté, les érables, le grand périmètre d'enfance et d'éternité du jardin, et fut inondée d'une tristesse à laquelle se mêlaient des éclats d'un bonheur pur.

2

Aux temps anciens du Japon, dans la province d'Ise, sur les bords d'une anse dérobée à l'océan, vivait une guérisseuse. Elle connaissait les vertus des plantes et en usait pour ceux qui venaient la prier de soulager leurs maux. Malgré cela, comme si la décision avait été prise une fois pour toutes par les dieux et qu'il n'y eût rien à faire pour la changer, elle était sans cesse affligée de douleurs effroyables. Un jour, un prince qu'elle avait guéri grâce à un thé d'œillets de sa façon lui dit : Que n'utilises-tu ton pouvoir pour te guérir toi-même ? Il s'évanouirait, répondit-elle, et je ne pourrais plus guérir mon prochain. Que t'importe que les autres souffrent si tu peux vivre sans endurer de peine ? demanda le prince. Elle rit, alla à son jardin, y coupa une brassée d'œillets rouge sang et la lui tendit en disant : À qui, alors, offrirais-je mes fleurs d'un cœur léger ?

Une brassée d'œillets rouge sang

À quarante ans, Rose n'avait presque pas vécu. Enfant, elle avait grandi dans une belle campagne, y avait connu les lilas éphémères, les champs et les clairières, les mûres et les joncs de ruisseau ; enfin, le soir, sous des cascades de nuages dorés et de lavis roses, elle y avait reçu l'intelligence du monde. À la nuit tombée, elle lisait des romans, de sorte que son âme était façonnée de sentiers et d'histoires. Puis, un jour, comme on perd un mouchoir, elle avait perdu sa disposition au bonheur.

Sa jeune vie avait été morose. Celles des autres lui paraissaient chatoyantes et gracieuses, la sienne, lorsqu'elle y songeait, la fuyait comme l'eau sur la paume. Quoiqu'elle eût des amis, elle les aimait sans élan ; ses amants traversaient le paysage comme des ombres ; ses jours se passaient à fréquenter des silhouettes indécises. Elle n'avait pas connu son père que sa mère avait quitté juste avant sa naissance ; de cette mère, elle n'avait éprouvé que mélancolie et absence, en quoi elle avait été stupéfaite, à sa mort, de l'effroyable douleur. Cinq ans avaient passé et elle se disait orpheline, quoiqu'elle sût que vivait quelque part un Japonais qui était son père. Elle connaissait son nom, elle savait qu'il était riche, sa mère parlait de lui, parfois, avec indifférence, sa grand-mère se taisait. De temps à autre, elle se figurait qu'il pensait à elle, d'autres fois, comme elle était rousse avec les yeux verts, elle se convainquait que le Japon était l'invention de sa mère, que son père n'existait pas, qu'elle était née du vide – elle ne s'attachait à personne, personne ne s'attachait à elle, le vide gangrenait sa vie de la même façon qu'il l'avait engendrée.

Si toutefois Rose avait pu se voir par les yeux des autres, elle eût été stupéfaite. Ses blessures leur paraissaient des mystères, sa souffrance sonnait comme de la pudeur, on pensait qu'elle avait une vie secrète, intense, et comme elle était jolie mais austère, elle intimidait et tenait les désirs à distance. Qu'elle fût botaniste, de surcroît, augmentait la circonspection ; c'était un métier énigmatique, on la trouvait élégante et rare, on n'osait pas parler de soi devant elle. Avec les hommes qui traversaient sa vie, elle faisait l'amour avec une nonchalance qui pouvait être également tiédeur ou ferveur. Au reste, elle n'avait jamais désiré au-delà de quelques jours et, aux humains, elle préférait les chats. Elle prisait les fleurs et les végétaux mais était séparée d'eux par un voile invisible qui occultait leur beauté, leur ôtait de la vie – pourtant, elle sentait que quelque chose, en ces écorces et ces corolles familières, frémissait et cherchait à sympathiser avec elle. Mais les années passaient et l'eau glacée de ses cauchemars, une eau noire dans laquelle elle se noyait lentement, colonisait peu à peu ses jours. Sa grand-mère, à son tour, était morte ; elle n'avait plus d'amants, elle ne voyait plus ses amis ; sa vie se rétrécissait, se figeait dans les glaces. Un matin, une semaine plus tôt, un notaire lui avait fait savoir que son père était mort et elle avait pris un avion pour le Japon. Elle ne s'était pas posé la question du départ ; dans le néant de sa vie, cela importait aussi peu que le reste. Mais la morne obéissance à la requête du notaire masquait une soif que Kyōto, à présent, dévoilait.

À la suite du chauffeur, elle repassa la grande porte du sanctuaire, redescendit la rue des échoppes. Rose san hungry ? demanda-t-il. Elle hocha la tête. Simple food, please, dit-elle. Il parut surpris, réfléchit un instant, se remit en marche. Après le canal, ils prirent à gauche vers la rue en contrebas jusqu'à une petite maison précédée, sur le trottoir, d'un panneau où figuraient des écritures. Passant sous un rideau court, le chauffeur entra par une porte coulissante et elle le suivit dans une unique pièce qui sentait le poisson grillé. Au centre, une gigantesque hotte par-dessus un gril au charbon ; à gauche, un comptoir à huit places ; à droite, derrière le fourneau, des étagères croulant de vaisselle et d'ustensiles divers, un petit plan de travail ; sur un buffet bas, des bouteilles de saké le long de parois sablées ornées de dessins de chats. À la fin, dans le chaos et le bois, le lieu tenait de la gargote d'enfance.

Ils prirent place au comptoir tandis que paraissait le cuisinier, un gros homme sanglé dans une veste de kimono courte sur un pantalon assorti. Une serveuse vint leur apporter des serviettes chaudes. Rose san eat fish or meat ? demanda le chauffeur. Fish, répondit-elle. Il commanda en japonais. Beer ? s'enquit-il encore. Elle acquiesça. Ils se turent. Autour d'eux vibrait une présence que leur silence révélait, un parfum d'innocence répandu sur le désordre des lieux, et Rose sentait le monde palpiter d'une manière ancienne – ancienne, oui, se dit-elle, même si ça n'a aucun sens. Et encore : Nous ne sommes pas seuls ici. La serveuse posa devant eux, sur un plateau laqué, des petits récipients emplis de mets inconnus, une coupelle de sashimis, un bol de riz, un autre de soupe claire. Elle dit quelque chose sur un ton d'excuse. Fish coming soon, traduisit le chauffeur. Le cuisinier plaça sur le gril, piqués sur une tige de bois, deux poissons aux airs de maquereaux. Il transpirait à grosses gouttes et s'essuyait le visage avec une serviette blanche mais Rose n'en concevait pas la répulsion qu'elle aurait eue à Paris. Elle prit une gorgée de bière glacée, mordit dans un sashimi blanc. Ink fish, lui dit le chauffeur. Elle mâcha lentement. La soie du mollusque lui caressait le palais en même temps que des images de chats, de lacs, de cendres passaient dans son esprit. Sans savoir pourquoi, elle eut envie de rire jusqu'à ce que, l'instant d'après, une lame tranchante ne s'abatte – mais sur quoi ? – et de ce qui aurait dû être douleur naquit un plaisir aigu. Elle reprit une gorgée de bière, goûta un sashimi rouge (fat tuna, dit-il) qui chavira ses sens ; tant de plaisir né de la nudité, s'émerveilla-t-elle tandis que la serveuse apportait les poissons grillés. Elle se débattit avec ses baguettes pour séparer les chairs, se concentra, finit par adopter une stratégie lente, minutieuse, triompha. Le goût du poisson était subtil, elle n'avait plus faim, elle se sentait inhabituellement quiète.

Ils retournèrent à la maison. Là, un homme, un Occidental, l'attendait. Il la salua poliment quand elle entra dans la pièce de l'érable. À ses côtés, Sayoko, les mains croisées sur ses pivoines, la regardait. Rose resta silencieuse. L'homme fit un pas vers elle. Elle nota qu'il se mouvait d'une manière particulière, qu'il fendait l'espace devenu liquide, y naviguait entre deux eaux de réel. Elle nota aussi les yeux clairs, bleus ou verts, la ride qui lui barrait le front.

— Je m'appelle Paul, dit-il. J'étais l'assistant de votre père.

Comme elle ne disait rien, il ajouta :

— Peut-être ne savez-vous pas qu'il était marchand d'art ?

Elle fit non de la tête.

— Marchand d'art contemporain.

Elle regarda autour d'elle.

— Je ne vois rien de contemporain ici, dit-elle.

Il sourit.

— Il y a plusieurs sortes d'art contemporain.

— Vous êtes français ?

— Belge. Mais je vis ici depuis vingt ans.

Elle estima qu'il avait son âge, se demanda ce qui l'avait mené au Japon à vingt ans.

— J'ai étudié le japonais à l'université de Bruxelles, dit-il. Quand je suis arrivé à Kyōto, j'ai rencontré Haru et j'ai travaillé pour lui.

— Vous étiez amis ? demanda-t-elle.

Il hésita.

— Il a été mon mentor mais à la fin, oui, on peut dire que nous étions amis.

Sayoko s'adressa à lui et, répondant par un hochement de tête, il fit signe à Rose de prendre place à la table basse sur la gauche de l'érable. Elle s'assit avec le sentiment que la vie en elle se vidait comme une baudruche percée. Sayoko apporta du thé dans des tasses de céramique grumeleuse, avec des reliefs de terre labourée. Rose tourna la sienne dans ses mains, en caressa les aspérités.

— Keisuke Shibata, dit Paul.

Elle le regarda sans comprendre.

— Le potier. Haru le représente depuis plus de quarante ans. Il est aussi poète, peintre et calligraphe.

Il prit une gorgée de thé.

— Quel est votre degré de fatigue ? demanda-t-il. Je voudrais voir avec vous l'organisation des prochains jours, il faut me dire comment vous vous sentez.

— Comment je me sens ? dit-elle. La fatigue ne me paraît pas être un paramètre majeur.

Il la regarda dans les yeux. Elle en fut déconcertée, attendit.

— Non, dit-il, mais j'aimerais tout de même savoir. Des autres paramètres, nous parlerons amplement.

— Qui vous dit que j'ai envie de parler ? demanda-t-elle avec une agressivité qu'elle regretta aussitôt.

Il ne dit rien.

— Qu'y a-t-il à faire ? demanda-t-elle.

— Parler et se rendre chez le notaire vendredi.

Il la regardait toujours dans les yeux, il s'exprimait calmement, sans hâte. Sayoko réapparut par une porte située de l'autre côté de l'érable, vint leur resservir du thé, resta là, debout, un œil interrogateur posé sur Paul, les mains sur ses pivoines roses.

— Il y a une pivoine dans la salle de bains, dit Rose. Son nom est Hyoten. On la cultive sur l'île de Daikonshima, en terre volcanique. Est-ce que "Hyoten" veut dire quelque chose en japonais ?

— Ça veut dire eau glacée, ou plus exactement la température de l'eau glacée, le point de gel, répondit-il.

Sayoko regarda Rose.

— Volcano ice lady, dit-elle.

— Vous êtes botaniste, reprit Paul.

Et ? pensa Rose avec la même irritation qu'elle avait eue devant les fleurs de magnolia de l'entrée.

— Il me parlait tout le temps de vous, ajouta-t-il. Il n'y a pas un jour où il n'a pas pensé à vous.

Elle encaissa le coup comme une gifle. Il n'a pas le droit, se dit-elle. Elle voulut parler mais ne parvint qu'à hocher la tête sans savoir si elle acquiesçait, si elle refusait, si elle comprenait même les mots qu'il avait prononcés. Il se leva, elle l'imita mécaniquement.

— Je vous laisse vous reposer mais je reviens tout à l'heure, dit-il. Nous irons dîner en ville.

Dans sa chambre, elle se laissa tomber sur les tatamis, les bras repliés sur la poitrine. Délicatement piqués dans un vase noir, la tête penchée, le porté délicat, folâtraient trois œillets rouge sang. Ils étaient de la sorte chinoise, avec des pétales simples et des tiges frêles, d'un carmin exceptionnellement intense. Elle reçut comme un reproche les trois corolles, la candeur des fleurs simples, leur fraîcheur parfumée ; quelque chose, dans leur disposition, la troublait ; une onde d'exaspération la traversa. Elle s'endormit. Deux petits coups frappés à la porte la réveillèrent en sursaut.

— Yes ? dit-elle.

— Paul san waiting for you, dit la voix de Sayoko.

Elle eut un instant d'incertitude, se souvint.

— Coming, dit-elle en pensant : Sonnerie, convocations, sorties encadrées, c'est pire que l'école.

Elle se demanda combien de temps elle avait dormi. Longtemps, pensa-t-elle. Je suis décalée, je suis toujours décalée. Dans la glace de la salle de bains, elle vit que l'oreiller avait laissé des sillons en travers de sa joue. Sur une impulsion, elle prit un tube de rouge à lèvres puis le reposa. *Il me parlait tout le temps de vous.* Elle jeta le tube de rouge à lèvres à l'autre bout de la pièce, repassa par la chambre, regarda les œillets, se calma.

Dans la pièce de l'érable, elle trouva Paul.

— Nous y allons ? demanda-t-il en venant vers elle.

Pour la première fois, elle se rendit compte qu'il boitait légèrement et elle attribua à cette anomalie la manière qu'il avait de glisser dans le monde comme un poisson de rivière, de faire que la brisure engendre la fluidité. Elle le suivit dans le vestibule où les fleurs de magnolia rivalisaient d'entrechats silencieux. Ils traversèrent le petit jardin qui précédait la rue. Les azalées y déployaient en feux d'artifice étoilés leurs pétales roses et mauves. Au pied des lanternes de pierre, des hostas jaillissaient de la même mousse rase et veloutée qu'on voyait partout ; à droite, une rangée d'érables ; à gauche, un mur blanc où, dans le crépuscule naissant, flottaient les ombres d'un bosquet de bambous.

— Où allons-nous ? demanda-t-elle.

— À Kyōto, Haru ne pouvait pas sortir sans être reconnu. Kitsune était son refuge secret.

Comme le matin, le chauffeur les conduisit sur l'autre rive et, de nouveau, défilèrent les rues de béton et de fils électriques. Devant le restaurant, à droite de la porte coulissante, une lanterne rouge sembla à Rose un phare dans la nuit. À l'intérieur, la fumée brouillait le regard. Au fond, derrière un bar encombré de bouteilles de saké, montaient des effluves de viande grillée ; à l'avant, quatre tables de bois sombre, une pénombre éclairée de quelques lampes suspendues, sur les murs peints en noir des affiches de mangas, des enseignes publicitaires, des figurines de super-héros ; partout, des caisses de bière, des bouteilles énigmatiques, des livres illustrés ; au total, une atmosphère insolite, malicieuse et boisée. Tous leurs restaurants ressemblent à des greniers d'enfance ? se demanda-t-elle en se rendant compte qu'elle avait faim.

— Je me représentais le Japon aseptisé, dit-elle, pas qu'on y sentait la friture.

— On n'est pas chez les protestants, dit-il, et je sais de quoi je parle. Le Japon est majoritairement un joyeux bordel.

— Pas chez lui, dit-elle, incapable de dire *chez mon père*.

— Majoritairement, répéta-t-il.

Le chef parut devant eux sous la forme d'un jeune homme à lunettes, le front ceint d'un tissu, les dents proéminentes. Rose perçut sa curiosité timide alors que Paul échangeait quelques mots amicaux avec lui, puis il lui sembla entendre le nom de son père et le visage du jeune homme changea. Il ôta ses lunettes, les essuya. Il y eut un silence après lequel il dit quelque chose en la regardant.

— Bienvenue, traduisit Paul.

C'est tout ? pensa-t-elle.

— Vous mangez de la viande ? demanda Paul.

— C'est quel type de restaurant ici ?

— Yakitori. Brochettes grillées.

— Ça me va, dit-elle.

— Bière ou saké ?

— Les deux.

Il y eut un bref dialogue entre les deux hommes, après quoi elle resta face à Paul dans un flottement sans mots qui la mit mal à l'aise. Elle sursauta tandis que le chef posait devant eux deux grands verres de bière glacée. La même pensée que le matin – *nous ne sommes pas seuls ici* – la traversa de nouveau, puis : *C'est quoi, ce pays où on n'est jamais seul ?*

— Haru venait d'une famille modeste, dit Paul. Ici, il se rappelait les yakitoris de son enfance, dans les montagnes, à Takayama.

Il leva son verre.

— À la vôtre, dit-il et, sans attendre, il but une longue gorgée.

Curieusement, elle pensa aux trois œillets rouges dans leur vase noir. Le chef déposa sur la table une série de brochettes et une bouteille de saké. Elle vida la moitié de sa bière et se sentit mieux.

— Saké de Takayama, dit Paul en la servant.

— De Takayama ? Vous me faites le coup du sentimentalisme ? demanda-t-elle.

Il la regarda dans les yeux de cette façon directe et limpide qui la déconcertait, but une gorgée. Elle remarqua la cambrure de ses sourcils, son front haut barré d'une ride verticale. Le saké était frais et fruité, doux au palais, les brochettes parfumées. L'ivresse venait. Elle se rendit compte qu'ils mangeaient en silence depuis un moment déjà. Le dîner touchait à sa fin et ils n'avaient presque pas parlé. Elle se détendait, ne ressentait plus la gêne du début. Quand il prit de nouveau la parole, elle eut l'impression d'être arrachée à une rêverie paisible.

— Le plus grand regret de Haru aura été de ne rien pouvoir vous donner de son vivant.

Il ne peut pas faire ça, pensa-t-elle, il ne peut pas continuer à me frapper à l'estomac par surprise.

— Et pourquoi donc ? demanda-t-elle avec exaspération.

Il la regarda, interloqué.

— Vous le savez, j'imagine, dit-il.

Je le sais, oui, je le sais, pensa-t-elle rageusement.

— Pourquoi le regrettait-il ? demanda-t-elle encore.

Il prit une gorgée de bière. Il répondit en parlant lentement, en choisissant ses mots avec soin.

— Parce qu'il croyait que le don rend vivant.

— Il était bouddhiste ? demanda-t-elle. Et vous ? Vous êtes aussi un ravi de la crèche ?

Il rit.

— Je suis athée, répondit-il. Mais Haru était bouddhiste à sa façon.

— Quelle façon ?

— Il était bouddhiste par amour de l'art. Il croyait que c'était la religion de l'art par excellence. Mais il pensait aussi que c'était la religion du saké.

— Il buvait beaucoup ?

— Oui, mais je ne l'ai jamais vu ivre.

Il vida sa coupe. Elle le dévisagea avec hostilité.

— Je suis venue parce qu'on me l'a demandé.

— J'en doute fort, dit-il.

Elle rit avec une amère ironie.

— Que peut-il me donner à présent ? demanda-t-elle. Qu'est-ce que l'absence et la mort peuvent donner ? De l'argent ? Des excuses ? Des tables laquées ?

Il ne répondit pas. Ils ne parlèrent plus mais tandis qu'ils repartaient dans la voiture qui les attendait au-dehors, que la nuit ruisselait sur eux comme une sève obscure, qu'ils retraversaient le jardin aux lanternes et que Paul prenait congé devant les branches de magnolia, elle perçut en elle-même, sans savoir ce que cela signifiait, le travail des fleurs. Elle sentait que quelque chose, en ces écorces et ces corolles, frémissait et cherchait à sympathiser avec elle. Épuisée et parcourue de pensées chaotiques, elle s'endormit. Dans la nuit, elle fit un rêve où elle comprenait la disposition des œillets : ils demandaient à être pris, ils requéraient les gestes de l'offrande. Elle approchait la main, enserrait les tiges, les retirait de l'eau, les laissait goutter sur le tatami. Puis, dans la pénombre de la même chambre où elle dormait, elle se voyait tendre les trois œillets rouge sang à Paul et lui dire : À qui, sinon, offrirais-je mes fleurs d'un cœur léger ?

3

On dit que le poète Kobayashi Issa qui, au temps des Lumières de l'Europe, vécut dans un Japon encore féodal une longue et douloureuse vie, alla un jour au Shisen-dō, un temple bouddhiste zen de Kyōto, et demeura longtemps sur les tatamis à admirer le jardin. Un moinillon vint lui vanter la finesse du sable et la beauté des pierres autour desquelles on avait ratissé un cercle très pur. Issa resta muet. Le moinillon loua avec éloquence la profondeur de la scène minérale ; Issa se taisait toujours. L'autre, un peu étonné de ce silence, fit l'éloge appuyé de la perfection du cercle. Alors Issa, montrant de la main, par-delà le sable et les pierres, la splendeur des grandes azalées, lui dit : Si tu sors du cercle, tu rencontres les fleurs.

Tu rencontres les azalées

Rose s'éveilla dans la pleine conscience de la lune. Dans le cadre de la fenêtre ouverte, elle la vit, solitaire et nacrée, et une image se forma dans son esprit, une vue de campagne et de vignes dont il lui parut insolite qu'elle revînt la hanter ici. Il faisait chaud, des cigales chantaient. Elle resta là un moment, les yeux ouverts, la respiration lente. Le monde tournait et elle était immobile, les vents passaient et elle demeurait. En ce silence, en cette obscurité, elle n'était d'aucun lieu, elle n'était d'aucun temps. Elle se rendormit.

Au réveil, elle pensa au dîner de la veille, à son halo d'indéfinissable présence. Elle prit une douche, s'habilla et alla à la pièce de l'érable où elle trouva Sayoko dans un kimono clair avec une obi orange parsemée de libellules grises. Tandis que la Japonaise lui faisait signe de s'asseoir et lui portait le même plateau que la veille, elle admira encore une fois la texture diaphane de ses paupières.

— Rose san sleep well ? demanda Sayoko.

Rose hocha la tête.

— Driver say you meet kami yesterday, ajouta-t-elle.

— Kami ?

— Kami. Spirit.

Rose la regarda, perplexe. *J'ai rencontré un esprit hier ?* Puis elle se souvint de l'Anglaise du Pavillon d'argent et du regard du chauffeur quand elle s'était éloignée.

— The British woman ? demanda-t-elle.

Sayoko eut l'air mécontent.

— Kami, répéta-t-elle.

Puis, avec au front un pli soucieux :

— Bad kami.

Elle s'éloigna d'un petit pas têtu. Rose prit plaisir à perfectionner sa technique de découpe du poisson aux baguettes, un poisson inconnu, tendre et fondant, qu'elle mâcha avec une satisfaction d'écolière. Elle renonça au riz, se servit une tasse de thé vert, la huma. Une vague d'émotion la fit se lever, chercher de l'air, ouvrir la fenêtre qui donnait sur la rivière. La puissance de l'eau la repoussa, elle rentra précipitamment, se trouva nez à nez avec l'érable. Entre ciel et terre, ancré dans son puits de lumière, il absorbait les images nées de la fragrance d'herbe coupée du thé vert – les larmes, le vent sur les champs, la douleur. Alors que la vision se dissipait, elle entendit la voix de sa grand-mère qui disait : Je t'en prie, ne pleure pas devant la petite. Puis, comme une porte glissait quelque part dans la maison, Rose sursauta. Fendant l'air à sa manière fluide et brisée, Paul venait à sa rencontre les bras encombrés de pivoines roses.

— Prête pour un tour ? demanda-t-il à Rose tandis que Sayoko le déchargeait des fleurs.

Prise de court, elle hocha la tête. Au-dehors, le chauffeur les attendait. Il faisait très beau, un peu frais, et elle se surprit à se sentir légère. Allons, se dit-elle, ça ne va pas durer, ça ne dure jamais. Ils retraversèrent la rivière mais, cette fois, remontèrent le long des collines en direction du nord. Après un moment, ils prirent à droite une rue en pente au travers d'un quartier résidentiel aux maisons cossues. Le chauffeur s'arrêta devant un porche de bois.

— Le Shisen-dō, dit Paul. Mon préféré en cette saison.

— C'est un temple ? demanda-t-elle.

Il acquiesça. Ils montèrent quelques marches et suivirent une allée pavée bordée de grands bambous dont les cannes grises et les chaumes presque jaunes faisaient comme un toit de silex et de paille. De part et d'autre du sentier, une bande de sable clair striée de lignes parallèles semblait un ruisseau minéral, Rose sentait la caresse du flot paisible, son grain de délicatesse, sa gaieté d'eau blonde. Ils grimpèrent quelques marches et furent face au temple. Devant le mur d'enceinte, une plage du même sable accueillait un unique buisson d'azalées. Ils se déchaussèrent et entrèrent. Après une coursive, une galerie à tatamis s'ouvrait sur la scène du jardin. Paul s'assit au milieu de l'esplanade, elle prit place à côté. Il n'y avait personne.

Elle ne voyait rien d'autre. Alentour, il y avait une scène végétale, de la brise dans les arbres, des buissons arrondis, mais toute sa vie, ses années et ses heures tenaient dans les lignes courbes que le râteau avait tracées autour d'une grande pierre, d'une azalée et d'une touffe d'hostas déposés sur un sable si fin qu'il poudrait le regard. De cette ellipse parfaite naissait l'univers ; l'esprit de Rose dansait avec le sable, en épousait les sillages, tournait autour de la pierre et des feuilles, recommençait ; il n'y avait plus que cette promenade sans fin sur l'anneau des jours, sur la boucle du sens ; elle pensa qu'elle devenait folle. Elle voulut s'en arracher, renonça, se laissa aller à l'ivresse du circuit minéral. Elle regarda au-delà et elle ne vit rien. Le monde s'était réfugié dans ce pan de sable et de cercle.

— On vient surtout ici au printemps pour admirer les azalées, dit Paul.

Une intuition la traversa comme une flèche.

— C'est lui qui vous a demandé de me balader comme ça ? Il a fait le programme ? Le Pavillon d'argent, ce temple ?

Il ne répondit pas. Elle considéra de nouveau l'ellipse, le sable, les lignes de ses mondes intérieurs. Plus loin, de grandes azalées buissonnantes faisaient au jardin sec un rempart vert tendre.

— Je n'avais pas vu les azalées, dit-elle, je regardais le cercle.

— Dans la tradition zen, on appelle les cercles des ensō, dit-il. Ils peuvent être ouverts ou fermés.

Elle fut étonnée de l'intérêt que ses mots faisaient naître en elle.

— Quelle est leur signification ? demanda-t-elle.

— Celle que vous voulez, répondit-il. Le réel importe peu ici.

— C'est pour ça qu'il voulait que vous me transportiez d'un lieu à l'autre comme un paquet encombrant, pour dissoudre la réalité dans le cercle, la noyer dans le sable ?

Il ne commenta pas, continua d'admirer le jardin.

— Vous êtes botaniste et vous ne regardez pas les fleurs, dit-il finalement.

Il n'y avait ni agressivité ni jugement dans sa voix.

— Mon poème préféré est de Issa, continua-t-il.

Il le récita en japonais puis traduisit.

nous marchons en ce monde
sur le toit de l'enfer
en regardant les fleurs

Elle prit conscience d'un son récurrent, le même depuis leur arrivée dans le temple, une sorte de claquement sec couvrant à intervalles réguliers une musique d'eau vive. Soudain, quelque chose changea. Le sable se modifiait, se rétractait, coulait dans un sablier familier, s'évanouissait tandis que la scène se dilatait, se déployait dans les arbres, les chants des oiseaux, les murmures de la brise. Désormais, elle percevait le ruisseau qui coulait en contrebas, le bambou creux basculant contre le lit de pierre avec un claquement net, repartant dans l'autre sens, continuant la course de l'eau ; les érables, les iris de berge et, partout, les azalées ancrées dans le sable ancien ; un frémissement la parcourut puis tout retomba et elle ne fut plus que Rose égarée dans un jardin inconnu. Mais quelque part, dans un lieu où le réel n'importait pas, elle projetait de regarder les fleurs. Ils se levèrent.

— Je suppose que vous m'emmenez déjeuner là où il l'a ordonné, dit-elle.

— Les restaurants ne sont pas de son initiative, répondit-il. Mais auparavant, je voudrais vous montrer quelque chose.

— Vous n'avez que ça à faire, vous occuper de moi ? demanda-t-elle. Vous n'avez pas de famille ? Vous ne travaillez pas ?

— J'ai une fille, elle est entre de bonnes mains, dit-il. Quant au travail, cela va dépendre de vous.

Elle médita un instant sa réponse.

— Quel âge a votre fille ?

— Dix ans. Elle s'appelle Anna.

Elle n'osa pas s'enquérir de la mère d'Anna, fut contrariée par la pensée qu'elle existait, la chassa de son esprit.

À la maison, dans le vestibule, les pivoines roses du matin dessinaient une figure complexe. Elle suivit Paul, ils passèrent devant sa chambre et allèrent jusqu'au bout du couloir. Il fit coulisser la porte devant laquelle elle avait rebroussé chemin la veille. C'était une pièce à tatamis avec deux grandes baies en angle, l'une donnant sur la rivière, l'autre sur les montagnes du Nord. Face à l'est, une table basse avec une lampe en papier, du matériel de calligraphie, quelques feuilles éparses ; sur les murs opposés aux fenêtres, de grands panneaux de bois clair. Elle découvrit d'abord la rivière, puis les montagnes aux crêtes superposées comme des étoffes, enfin les photographies soigneusement épinglées sur les panneaux de bois.

Sur l'une d'elles, on voyait une petite fille rousse dans un jardin estival. À l'arrière-plan, de grands lilas blancs masquaient un mur de pierres sèches. À droite, le regard filait vers une vallée avec des collines vertes et bleues, une rivière qui serpentait, un ciel aux nuages rebondis. Elle regarda l'ensemble des photographies et, après un moment, comprit que c'était la seule à n'avoir pas été volée. Toutes les autres avaient été prises au téléobjectif sans qu'elle le sache, sous des angles divers, par toutes les saisons.

— Comment l'a-t-il obtenue ? demanda-t-elle en s'approchant de la petite fille rousse.

— Paule, dit-il.

— Comment ?

— Un jour, Haru a reçu d'elle cette photo.

— C'est tout ?

— C'est tout.

Elle parcourut les panneaux du regard. Les clichés volés la montraient à tous âges avec Paule, sa grand-mère, avec des amies, des petits amis, des amants. Elle s'agenouilla sur les tatamis, baissa la tête comme une repentante. L'évidence qu'elle pliait et suppliait raviva sa colère et elle releva le front.

— Il n'y a pas une seule photo avec ma mère, dit-elle.

— Non.

— Il m'a espionnée pendant toute ma vie. Et pas une seule photo avec elle.

— Il ne vous a pas espionnée, dit Paul.

Elle croisa son regard limpide, se sentit acculée, exaspérée.

— Comment appelle-t-on ça ? demanda-t-elle.

— C'est tout ce que Maud lui a laissé.

— Toute une vie sans mère, dit-elle.

Elle se releva.

— Et sans père.

Elle s'agenouilla de nouveau.

— Aviez-vous idée qu'il veillait sur vous ? demanda Paul.

Elle ne répondit pas.

— Vous êtes en colère, dit-il.

— Ne le seriez-vous pas ? murmura-t-elle en montrant les photographies d'un geste rageur, mortifiée d'entendre sa voix trembler.

Il y eut encore un moment égaré entre deux strates de perception. Elle regarda la petite fille rousse dans le jardin de lilas, la colère grandit encore puis, sans prévenir, se métamorphosa. Enfant, elle avait connu cette esquisse de vie pleine qu'on appelle le bonheur ; le vide, ensuite, avait englouti jusqu'à son souvenir. À présent, ce souvenir ressurgissait comme une coupe débordant de beaux fruits ; elle humait le parfum des pêches mûres, elle entendait les insectes bourdonner, elle sentait le temps s'alanguir ; une mélodie se jouait quelque part, à la lisière de ce qu'on appelle le cœur ou le centre, et elle s'y laissait dériver dans un monde devenu liquide. La vie était tissée de fils d'argent qui serpentaient entre les herbes folles du jardin – elle en suivait un, plus brillant et plus ardent que les autres, et cette fois, il s'étirait longtemps, se poursuivait à l'infini.

— La colère n'est jamais solitaire, dit Paul.

Elle s'arracha à sa transe muette. Dans un fracas silencieux, les courbes du cercle se recomposèrent et elle tenta en vain de retenir les beaux fruits comme on le fait d'un rêve au réveil.

— D'après Sayoko, le chauffeur dit que j'ai rencontré un kami au Pavillon d'argent, dit-elle. Un bad kami.

Il s'assit à côté d'elle.

— Je n'ai rencontré personne là-bas, j'ai à peine échangé quelques mots avec une touriste anglaise.

— Sayoko et Kanto ont une conception assez personnelle des esprits, dit-il, je ne suis pas sûr que leur classification soit orthodoxe.

— L'Anglaise m'a dit que si on n'est pas prêt à souffrir, on n'est pas prêt à vivre.

Il rit d'un rire bref qui ne s'adressait pas à elle.

— La souffrance ne sert à rien, dit-elle. Absolument à rien.

— Mais elle est là, dit-il. Que devons-nous en faire ?

— Doit-on l'accepter parce qu'elle est là ?

— L'accepter ? répéta-t-il. Je ne crois pas. Mais c'est le problème du point de gel. Juste au-dessus, l'élément est liquide. Juste en dessous, il est solide, prisonnier de lui-même.

— Qu'est-ce que ça signifie ? Qu'il faut souffrir de toute façon ?

— Non, je veux seulement dire que passé le point de gel, tout est figé ensemble, la souffrance, le plaisir, l'espoir et le désespoir.

Hyoten, pensa Rose. Ras-le-bol des fleurs.

— Nous sommes monomaniaques dans la famille, ma mère n'était que tristesse, je ne suis que colère, dit-elle.

— Et votre grand-mère ? demanda-t-il.

En quittant la pièce, elle jeta un regard en arrière. Dans l'encadrement de la baie, les crêtes bleutées des montagnes se perdaient dans une brume de beau temps qui montait de la terre, effaçait arêtes et dénivelés, vernissait le monde d'une encre invisible, d'un lavis translucide et puissant.

Dans la voiture, elle se fit l'effet d'une enfant boudeuse. Le silence lui pesait mais elle répugnait à le briser ; le restaurant qu'avait choisi Paul lui plut, elle se retint d'en faire le compliment. Ils prirent place au bar. Tout était de bois blond et lisse, sans ornement, d'un dépouillement de cabane. En face d'eux, dans une alcôve ruisselante de lumière, des branches d'érable jaillissaient d'un vase de terre cuite, rugueuse comme une coquille d'huître. Paul commanda et deux bières arrivèrent aussitôt. Elle crut qu'ils allaient déjeuner en silence mais après quelques gorgées, il parla.

— Haru est né dans les montagnes près de Takayama. La maison familiale se trouvait au bord d'un torrent qui gelait trois mois de l'année. La famille avait un commerce de saké en ville, son père descendait tous les jours à pied de la montagne. Haru m'a emmené là-bas, devant un grand rocher au milieu du gué, et m'a dit qu'il avait grandi en regardant la neige tomber ou fondre sur cette pierre. La roche a fait sa vocation, avec les arbres dans la neige, les cascades et la glace.

La glace, toujours, pensa Rose.

— À dix-huit ans, il est venu à Kyōto sans argent ni formation mais, très vite, il y a connu tous ceux qui avaient rapport avec la *matière* – potiers, sculpteurs, peintres et calligraphes. Il a fait fortune grâce à leur travail. Il avait un sens inné des affaires. Et un charme fou.

Il la regarda dans les yeux. Elle en fut une fois encore irritée, pensa avec rancœur aux magnolias ineffables du vestibule.

— Cependant, pas un jour de sa vie n'a été consacré à l'argent. Ce qu'il voulait, c'était la liberté d'honorer à sa façon la pierre de sa rivière natale. Et, du moment où vous êtes née, celle de laisser à sa fille un héritage qui ferait baume.

— Baume ? répéta-t-elle.

— Baume, dit-il.

Elle but une gorgée de bière. Sa main tremblait. Devant eux parut un cuisinier qui s'inclina avant de prélever des morceaux de poissons crus dans une petite vitrine réfrigérée, à gauche du bouquet d'érable. Elle n'avait pas pris garde qu'ils se trouvaient devant un alignement de chair crue, devant des tentacules de poulpe et des oursins orange ; elle ne voyait que l'effort qu'elle devait faire pour repousser la violence et les mots – la violence et les morts, se dit-elle, envahie d'une lassitude bientôt contrariée par la curieuse excitation que provoquait en elle, par intermittence, ce pays d'arbres et de pierres. Le cuisinier déposa devant chacun d'eux un plat carré de céramique brune et grise, cabossé comme un sentier de montagne, puis, sur cette surface de terre, du gingembre mariné et un sushi de thon gras dont elle s'empara comme d'une bouée, avide d'avoir de nouveau un corps, de fuir son esprit, de n'être plus qu'un estomac. La conjonction du poisson fondant et du riz vinaigré l'apaisa. Dans le soulagement d'être de nouveau incarnée, elle pensa qu'elle comprenait son père, qu'elle serait sauvée par la *matière*, par la glaise du monde, par un pansement de chair et de riz. Ils ne parlèrent plus du déjeuner. Devant les pivoines roses du vestibule, il prit congé en lui disant : Je reviens vous chercher ce soir pour dîner, Kanto est à votre disposition si vous voulez aller en ville cet après-midi.

Elle s'allongea sur les tatamis de sa chambre. Je marche sur le toit de l'enfer sans regarder les fleurs, pensa-t-elle et, dans le même temps, elle revit les grandes azalées du Shisen-dō. Alors qu'elle s'endormait, elle vit aussi un cercle de toute beauté qui se formait et se reformait devant ses yeux intérieurs. D'une encre laquée, profonde, il flottait entre rêve et réalité, et traçait une spirale exquise. Puis, comme elle s'enchantait de cette fluidité sans fin, le cercle se figeait en même temps qu'il s'ouvrait en une brèche où vaguaient quelques nuages.

4

Un jour de la période Heian, du temps où Kyōto était la capitale d'un archipel perdu de solitude, une petite fille vint à l'aube apporter du riz aux divinités du sanctuaire de Fushimi Inari, à une heure de marche de la cité. Alors qu'elle s'approchait de l'autel, elle vit sur le côté, qui avaient fleuri dans la nuit, de petits iris pâles mouchetés de bleu, avec des étamines orange et un cœur violine.

Un renard l'attendait, assis entre les fleurs.

Après un moment à le regarder, elle lui tendit le riz mais il secoua tristement la tête jusqu'à ce que, désemparée, elle cueille un iris et l'approche de son museau. Il prit la fleur, la mâcha délicatement puis lui parla dans une langue qu'elle pouvait comprendre – hélas, la mémoire de ses paroles a depuis été perdue. Ce que l'on sait, en revanche, c'est que la petite fille devint la plus grande femme de lettres du Japon classique et qu'elle écrivit toute sa vie sur l'amour.

Elle cueille un iris

Rose flotta un moment dans un demi-sommeil bercé d'une ivresse de cercle ouvert mais, bientôt, la sensation s'envola. Par la fenêtre, elle vit les eaux de la rivière. Elle prit son chapeau de toile et quitta la chambre.

Il n'y avait personne dans la grande pièce de l'érable. Elle passa la main sur la vitre transparente, entendit derrière elle les petits pas frottés de Sayoko. Elle se retourna, renoua avec le papier de riz des paupières baissées. Elles restèrent un instant face à face dans une compréhension muette des feuillages, puis le charme se rompit et Rose se racla la gorge.

— I'm going out for a short stroll, dit-elle.

Après un instant, elle ajouta :

— Promenade.

Elle traversa la pièce mais au dernier moment, elle revint sur ses pas.

— Volcano ice lady ? demanda-t-elle.

Sayoko la regarda et fit un signe qui signifiait : Attendez-moi. Elle disparut puis réapparut en tenant dans sa main un rectangle de papier blanc. Rose le prit avec précaution, le retourna.

— Daughter of father, dit Sayoko.

Sur la photographie jaunie, on voyait un garçon d'une dizaine d'années à demi tourné vers l'objectif ; derrière lui, un torrent aux eaux blanches entre des rochers enneigés ; au-delà encore, des pins de montagne, d'autres pierres glacées, un sous-bois de ténèbres.

— Same look, dit Sayoko. Ice and fire.

Rose résista à l'envie de s'agenouiller, de baisser la tête, de laisser le monde s'abattre sur sa nuque. Elle scruta les yeux du garçon. L'intensité de son regard faisait au décor de neige et d'eau blanche un puits d'obscurité. Elle rendit la photographie à Sayoko, tourna les talons et s'enfuit. Dans le jardin, elle s'arrêta. *Je lui ressemble.* Elle passa le portillon de bambou, contourna la maison et rejoignit le chemin de sable le long de la rivière. *Je suis rousse et je lui ressemble.* Elle marcha un moment, noyée dans la force des yeux noirs, dans le pouvoir du torrent. La ligne qui sépare l'eau et la terre, la ligne d'entre l'eau et le ciel flottaient, dessinaient un territoire vierge sans vent ni chaleur, sans glace ni chants d'oiseaux, une enclave où la matière se dissolvait dans le vide. Un cycliste la frôla, elle sursauta, se rendit compte qu'elle serrait les poings, revint au monde. Il faisait beau, un grand héron paressait dans une crique protégée de joncs, des promeneurs passaient. Bientôt, les berges s'agrandirent, le chemin de sable se fit grève, les herbes folles prirent dans la brise une grâce de plumes. Quelque chose chavirait. Elle pensa : Qui découvre jamais son père par l'enfant qu'il a été ? Et, surprise et troublée, indignée aussi, elle eut le sentiment d'un bienfait.

Devant elle, sur un grand pont, passait une foule nombreuse. Elle remonta par une rampe de pierre, se retrouva dans le flot, charriée comme une brindille vers l'ouest. La rue menait à une galerie couverte bordée de boutiques, de restaurants, de salons de massage. Elle avait marché longtemps, elle était loin de la maison, sans argent ni téléphone. Elle prit à droite et, un peu plus loin, entra dans une papèterie au parfum d'encre et d'encens, s'approcha de rouleaux vierges suspendus contre une cloison, comprit qu'ils servaient à accueillir les calligraphies tracées sur des cartons carrés, blancs et précieux, qu'on vendait en dessous, et dont on enserrait les coins dans de fines patères de coton. *Chaque jour un nouveau rêve d'encre.* À côté, il y avait aussi de l'encens, des porte-encens, des pinceaux, des papiers raffinés, des boîtes aux motifs de fleurs et de feuilles ; elle aurait voulu que ce monde fût le sien, qu'elle pût s'y dissoudre dans un embrasement de bois odorant, dans un songe de pétales et de nuages. Alors qu'elle effleurait du doigt un pinceau au manche cramoisi, elle sentit une présence et, se retournant, se trouva face à l'Anglaise du Pavillon d'argent.

— Kyōto n'est pas si grande, on finit toujours par se recroiser, dit la femme.

Et lui tendant la main :

— Je m'appelle Beth. Votre séjour se passe bien ?

Elle portait une robe de soie blanche et, sur les épaules, une élégante veste longue.

— Merveilleusement, répondit Rose, je m'amuse comme une folle.

— Je vois ça, dit Beth, sans qu'elle sût déterminer si c'était ironique.

— Vous habitez ici ? demanda Rose.

— Plus ou moins, répondit-elle. Et vous ? Qu'est-ce qui vous amène au Japon ?

Rose hésita puis, étonnée, comme on se jette d'une falaise :

— Je suis venue entendre le testament de mon père.

Il y eut un silence.

— Un père japonais ? demanda Beth.

Rose hocha la tête.

— Vous êtes la fille de Haru ? demanda encore l'Anglaise.

Il y eut un nouveau silence. Suis-je la fille de Haru ? s'interrogea Rose. Je suis la fille d'un petit garçon des montagnes glacées.

— Vous le connaissiez ?

— Oui, répondit Beth, je le connaissais très bien.

Elle jeta un œil par-dessus l'épaule de Rose.

— Vous êtes suivie, dit-elle.

Rose aperçut Kanto debout devant les bâtonnets d'encens.

— Tenez, dit Beth en lui tendant une carte. Appelez-moi quand vous aurez du temps.

Elle eut un petit signe amusé en direction du chauffeur et quitta la boutique. Rose s'approcha de Kanto.

— Shall we go back home ? demanda-t-elle.

Il parut soulagé, s'inclina, lui fit signe de le suivre. Dans la galerie, ils prirent à droite et, bientôt, se retrouvèrent à découvert le long d'une grande avenue où il héla un taxi. Elle se divertit des dentelles blanches sur les sièges, des gants blancs et de la casquette d'opérette du chauffeur. Elle se sentait mordante – *oui, mordante, si cela a un sens, je veux mordre, je veux vivre pour mordre*. Dans le petit jardin devant la maison, les azalées mauves se flétrissaient avec raffinement, les pétales chiffonnés selon des pliures délicieuses, les branches serties d'étoiles mourantes. Elle traversa le vestibule en effleurant du doigt une pivoine. Dans la pièce de l'érable, elle trouva Paul assis sur le plancher, les jambes allongées et croisées, le dos calé contre la verrière. Il lisait. Il leva les yeux vers elle.

— Je suis prête pour le prochain roller coaster à l'eau de rose, dit-elle.

— Le sarcasme vous va bien, répondit-il.

Interdite, elle se tut.

— Vous étiez espiègle, enfant, ajouta-t-il en se levant. On le voit sur les photos.

Elle détesta ce qu'il venait de dire. Pour faire diversion, elle désigna le livre.

— Que lisez-vous ? demanda-t-elle.

— De la poésie.

Les idéogrammes de la couverture avaient un tracé de roseau dans le vent ; dans la brèche d'un cercle d'encre parfait vaguaient des oiseaux et des nuages.

— De qui est-ce ?

— Kobayashi Issa, répondit-il.

— Ah oui, dit-elle, l'enfer, les fleurs.

— Le toit de l'enfer, dit-il.

Il sembla à Rose qu'ils passaient devant le restaurant de brochettes de la veille puis, près du Pavillon d'argent, tournaient dans la rue où elle avait déjeuné avec le chauffeur. De fait, le restaurant était situé presque en face de la gargote d'enfance et elle s'y trouva de nouveau en pays perdu, en rêverie de bois, en songe de vie enfuie. À droite, sur un espace surélevé aux cloisons de papier, des tatamis et des tables basses accueillaient les convives. À gauche, un comptoir précédait un espace de travail surmonté d'étagères croulant de vaisselle magnifique. Tout était brun, gris, ocre et chaud ; sur les murs sablés, des calligraphies, des rouleaux ; partout, des lampes de papier au froissé raffiné ; dans cette façon de vie disparue, elle sentait qu'elle aurait pu se perdre. Ils prirent place au bar. Au-dessus de leur tête, dépassant d'un panier suspendu, des iris d'eau fusaient comme des feux follets.

— Iris japonica, dit-elle en regardant les fleurs, puis : C'est beau ici.

— Bière ? demanda-t-il.

— Et saké.

Les bières arrivèrent, glacées, délicieuses. Un cuisinier vint derrière le comptoir et commença d'assembler sur un plat étroit, traversé de crevasses, une chaîne de montagnes bâtie de légumes inconnus, de filaments dorés, de bulbes aux airs de cive, tous pareillement arrangés en petits monticules.

— Radis blanc, oignons, racines, gingembre, pousses locales, dit Paul au moment où le cuisinier déposait sa sculpture devant eux et où une serveuse apportait des bols emplis d'un bouillon fumant, un plat de grosses nouilles blanches pour chacun et un petit récipient avec du sésame grillé et une cuillère en bois.

Il désigna son bol.

— Vous y mettez trois cuillères de sésame, quelques légumes, des udons, vous mangez et vous recommencez.

Le saké arriva, froid et exquis, Rose jeta les graines de sésame dans le bouillon, sentit leur frémissement, s'en trouva revigorée. Avec précaution, elle ajouta des filaments de gingembre, du radis, des pousses diverses. Elle tenta d'y transvaser des nouilles, les récupéra maladroitement sur le bois du comptoir, finit par en saisir une avec les doigts, batailla encore, s'arrêta, le souffle court.

— C'est pour épuiser le client avant qu'il ne commence ? demanda-t-elle.

Elle regarda autour d'elle, vit que les convives penchaient la tête jusqu'à leur bol et aspiraient bruyamment leurs nouilles. Elle se jeta à l'eau, en entreprit une qui glissa comme une anguille entre ses baguettes et retomba en éclaboussant son corsage.

— Je vois, dit-elle, c'est un bizutage.

Il sourit. Elle rusa avec les nouilles suivantes, les faisant glisser d'un bol à l'autre, usant latéralement des baguettes comme d'une pince.

— J'ai croisé l'Anglaise du Pavillon d'argent en ville, dit-elle. Elle connaissait Haru.

Il leva un sourcil intéressé.

— Une dame âgée, très distinguée ?

— Oui, parlant parfaitement français.

— Beth Scott, dit-il. Une vieille amie. Elle a appris votre existence aux funérailles, comme la moitié de la ville.

Rose reposa ses baguettes.

— Personne ne savait ?

— Presque personne.

— Qui était au courant ?

— Sayoko et moi.

— Qui d'autre ?

— Personne d'autre.

— Même pas votre femme ?

— Ma femme est morte, dit-il.

Il y eut un silence. Elle voulut dire *je suis désolée*, n'y parvint pas.

— Elle était japonaise ? demanda-t-elle.

— Elle était belge, comme moi.

Il reposa ses baguettes, but une gorgée de bière.

— Quand est-elle morte ? demanda Rose.

— Il y a huit ans.

Elle pensa : Sa fille est orpheline. Dans le silence entrecoupé de gorgées de bière, quelque part en un lieu ténu et immense, invisible comme le ciel, quelque chose changea de position. Elle perçut la venue de la pluie, une odeur de terre avide, d'herbe dans le vent. Il y eut une nouvelle translation, un parfum de sous-bois et de mousse. Elle se mit à pleurer à gros sanglots qui jaillissaient comme des perles scintillantes. Elle les sentait se former, couler et fuser dans le monde, parés de lumière. Elle se haïssait. Elle baissa la tête, continua de sangloter. Son nez coulait. Paul lui tendit un mouchoir. Elle le prit, sanglota plus violemment encore. Il ne disait rien, finissait sa bière avec calme. Elle lui en fut reconnaissante, le flot se tarit, elle se maîtrisa.

— Je vous emmène boire un verre, dit-il en se levant.

L'obscurité de la voiture fit du bien à Rose. Les larmes et le saké donnaient à la ville une texture, une patine de miroir au mercure.

— Qu'est-ce qui a été le plus difficile ? demanda-t-elle.

Il ne répondit pas, elle crut qu'elle avait été indiscrète.

— Pardon, dit-elle, c'est indiscret.

Il fit de la tête un signe de dénégation.

— Je cherche les bons mots.

Il avait une voix lointaine, assourdie.

— L'absence, d'abord, reprit-il. Ensuite, le devoir et la croix d'être heureux sans Clara.

— Le devoir ? répéta Rose. Pour votre fille ?

— Non, dit-il, pour moi.

Troublée, elle se tut.

— On ne se sent plus parler la même langue que les autres, reprit-il. Et on comprend que c'est celle de l'amour.

— Je ne l'ai jamais parlée, dit-elle.

— Pourquoi croyez-vous ça ?

— Je ne crois pas qu'on puisse donner quand on n'a pas reçu, pas plus que je ne crois à vos fadaises sur le don qui rend vivant. Sinon à quoi sert de donner une fois qu'on est mort ?

— Vous commencez à comprendre la nature de son sacrifice, répondit-il.

— Toute cette farce est inutile, déclara-t-elle.

La voiture s'était arrêtée dans une ruelle du centre-ville. Ils empruntèrent un escalier extérieur jusqu'au dernier étage d'un petit immeuble de béton triste, entrèrent dans une salle avec de grandes baies vitrées qui donnaient sur les montagnes de l'Est. Un bar courait sur la longueur de la pièce mais le décor de parois sablées et de chêne clair était mangé par les fastes des montagnes, ouvert sur une nuit de mystères, sur le poème obscur des crêtes. Il n'y avait personne. Alors qu'ils prenaient place, une jeune Japonaise sortit d'une porte dissimulée sur la droite.

— Saké ? demanda Paul à Rose.

Elle fit oui de la tête.

— J'ai envie de boire, dit-elle.

— Vous n'êtes pas la seule.

Elle lui sut gré de cette connivence inattendue, se détendit. Après la première tournée silencieuse de saké, il en commanda une autre et elle eut envie de parler.

— Où est votre fille ?

— À Sadogashima, en mer du Japon, avec une amie, répondit-il. Elles vadrouillent toute la journée, elle m'a dit aujourd'hui qu'elle avait oublié son bento dans le panier de sa bicyclette et qu'un corbeau s'y était attaqué, mais elle était surtout indignée que personne n'ait préparé de bento au corbeau.

La tendresse de sa voix, les images, le récit du corbeau furent pénibles à Rose.

— Pourquoi avez-vous étudié le japonais ?

— Parce que Clara l'étudiait.

Elle se sentit subitement dégrisée, voulut dire quelque chose pour renouer avec l'ivresse mais la porte s'ouvrit et quelqu'un entra en braillant. Paul se retourna et sourit. L'homme, un vieux Japonais ridé comme une tortue, était fin saoul. Il portait une sorte de borsalino couvert d'un tweed à chevrons et enfoncé sur le dessus. Un pan de chemise sortait de son pantalon, sa veste de lin avait connu la guerre. En les apercevant, il leva les bras au ciel en signe d'allégresse et s'étala sur le plancher. Paul l'aida obligeamment à se relever tandis qu'il déversait un flot de paroles joyeuses et, bientôt, s'acheminait vers le bar.

— Keisuke Shibata, peintre, poète, calligraphe et potier, dit Paul à Rose.

Et pochtron, pensa-t-elle. Keisuke Shibata se pencha et la regarda sous le nez, lui soufflant son haleine de saké au visage. En douceur, Paul le tira en arrière et l'assit sur un tabouret.

— Il ne parle que japonais, dit Paul.

— Dieu soit loué, dit Rose.

Keisuke rota avec application.

— La traduction ne devrait pas être trop ardue, fit-elle remarquer.

— Hélas, dit Paul, c'est un bavard impénitent.

Et, en effet, le Japonais se mit à jaser comme une oie, parfois à l'attention de Paul, parfois à celle d'un être invisible quelque part dans la salle. Rose vida quelques coupes. L'autre babillait en descendant son saké, Paul répondait par des monosyllabes et, par moment, riait. Enfin, la conversation se ralentit tandis que l'ivrogne, les deux mains à plat sur le bar, sifflait doucement à part lui.

— Il est sobre, parfois ? demanda Rose.

— Parfois.

— C'est quoi, son histoire ?

— Il est né à Hiroshima en 1945. Sa famille a été décimée par l'atome. En 1975, il a perdu sa femme et sa fille dans un tremblement de terre. En 1985, son fils aîné s'est tué dans un accident de plongée. Le 11 mars 2011, son autre fils, un biologiste, était en mission dans la préfecture de Miyagi, sur la côte, à vingt kilomètres de Sendai. Il n'a pas eu le temps de gagner les hauteurs.

Elle gratta de l'ongle une tache invisible sur le bar. Quelque chose, quelque part, menaçait. Elle reprit du saké.

— Lors du dépôt des cendres de Nobu au cimetière, il pleuvait et Keisuke s'est effondré dans la boue, devant la tombe. Haru l'a relevé et tenu serré contre lui jusqu'à la fin de la cérémonie. Quelqu'un s'est approché avec un parapluie mais il l'a renvoyé. Ils sont restés ensemble, immobiles, sous la pluie et, peu à peu, les uns après les autres, nous avons refermé nos parapluies. Je me souviens avoir senti le poids et la violence de l'eau puis les avoir oubliés. Nous étions entrés dans un monde de fantômes. Nous n'avions plus de chair.

Il cessa de parler et Rose eut soudain froid aux pieds. Elle tenta de se raccrocher au ciel noir, aux montagnes bienveillantes. La menace rôdait. Elle entrevit des ombres, une averse, de l'écume sur la terre. Non, pensa-t-elle avec force – mais la pluie tombait et elle était à genoux, il n'y avait plus de montagnes, plus d'hommes, et dans ce monde déserté de chair, dans cet abîme de parapluies fermés, elle sombrait dans la boue tandis que tous les cimetières se retrouvaient, qu'elle ne faisait qu'errer de l'un à l'autre, qu'elle était vouée à la chute, à la fange, aux déluges.

— En regardant Haru et Keisuke, en sachant que je reviendrais bientôt au même cimetière, je pensais : Nous tous, prisonniers des fourneaux de l'enfer, dit Paul.

À côté de lui, le Japonais rota.

— Il pleuvait aussi à l'enterrement de ma grand-mère, dit-elle. Je ne me souviens pas de la boue mais de la pluie. Tout le monde dit que je divague mais je sais qu'elle était noire.

Elle fit une pause, tenta de rassembler ses pensées, renonça à la cohérence.

— Plus tard, j'ai lu qu'après l'explosion des bombes, une pluie noire était tombée sur Hiroshima et sur Nagasaki.

Elle essaya une nouvelle fois de suivre un fil qui s'évanouissait.

— Ma grand-mère aimait les iris. Elle aimait la pluie sur le jardin, dit-elle en pensant : Je suis complètement ivre.

Brusquement surgit devant ses yeux intérieurs le visage souriant de Paule. Elle l'entendit dire : *Il est temps de diviser les iris*, la revit dans une robe blanche, penchée avec grâce sur les fleurs, emplie de silence et d'amour.

À côté, Keisuke s'anima.

— Il demande qui vous êtes, dit Paul.

— Et je suis qui ? demanda Rose.

Il y eut un bref échange en japonais et Keisuke, narquois, tapa sur l'épaule de Paul.

— Il dit que vous avez l'air encore plus morte que votre père, traduisit Paul.

— Charmant, marmonna-t-elle.

— Complètement congelée, précisa-t-il.

L'autre rigola, gazouilla en la regardant.

— Il pense que c'est un bon karma, qu'il faut mourir une première fois pour pouvoir vraiment naître.

— Il trouve ses sentences dans les fortune cookies ? demanda-t-elle.

Paul traduisit et l'autre tapa dans ses mains.

— Il dit que vous ne savez pas qui vous êtes.

Le Japonais frappa un grand coup sur la table en criant : Ha !

— Il dit que c'est normal parce que vous n'êtes pas encore née.

— Et quand naîtrai-je, selon Grand Poivrot devant l'Éternel ? demanda-t-elle.

— Je ne suis pas Bouddha, démerdez-vous, traduisit Paul, tandis que l'autre s'écroulait sur le bar en pétant bruyamment et se mettait à ronfler, la tête entre ses bras.

Elle se tourna vers les baies vitrées. Dans la nuit étoilée, géantes endormies sous un linceul d'encre, les montagnes de l'Est parlaient une langue familière. Quelque part en Rose frémissait une source mais elle savait qu'elle entendait et ressentait parce qu'elle était ivre, que les poèmes et les courants d'eau claire seraient morts le lendemain.

— Qu'est-ce que vous aimez ici ? demanda-t-elle.

Il y eut un silence puis Paul dit :

— La poésie et les ivrognes clairvoyants.

— Ça suffit pour vivre ?

Tandis qu'il se levait sans répondre, elle s'imagina qu'il avait voulu dire : Il n'y a que l'amour et, ensuite, la mort – mais qu'il s'était retenu parce qu'elle était déjà morte. Plus tard, dans la nuit, elle s'éveilla. Il faisait chaud. Par la fenêtre, au travers des branches immobiles des arbres, elle vit la lune, immense et dorée, et se souvint de son rêve. Assis dans un champ d'iris sauvages la regardait un renard.

5

À l'époque des samouraïs, sur l'île de Sado, en mer du Japon, vivait un ermite qui, du matin au soir, regardait l'horizon. Il avait fait vœu de consacrer sa vie à cette contemplation, de s'y absorber tout entier, de connaître l'ivresse de n'être plus qu'une ligne entre la mer et le ciel. Cependant, comme il se plaçait toujours derrière un pin qui empêchait qu'il eût une vue dégagée, on lui en demandait la raison et il répondait : Parce que je ne crains rien tant que de réussir.

Derrière un pin

Au matin, il pleuvait. Les montagnes de l'Est fumaient de brumes levées sur un ciel diaphane, la rivière était assourdie d'averse. Dans le matin pâle, dans l'insondable tableau gris traversé de fantômes, le ciel et l'eau se fondaient et se consumaient d'une même fin. Cette vacuité crucifiait Rose sans qu'elle parvînt à s'en arracher ; dans les fourneaux de l'enfer, des hommes fermaient leurs parapluies ; à ce point aveugle de sa vie, elle errait au travers de territoires vides et décharnés comme la mort. On ne quitte jamais un tel front, se dit-elle, on ne peut pas lutter contre ce qui n'a pas de substance. On avait changé les œillets de la veille pour une poignée d'iris dans un vase blanc coquille. La vue des fleurs la détourna de la pluie, elle se doucha, s'habilla, se rendit à la pièce de l'érable. Il lui sembla un instant que ses branches dessinaient une croix et elle vit, découpés sur un ciel noir, les crucifix de lieux et de temps dont elle haïssait la mémoire. Puis la vision disparut et l'arbre scintilla. Elle n'y distinguait plus de calvaire, aimait qu'il fût effleuré de perles cristallines qui restaient là, transparentes et tremblantes. Après un moment, elle s'étonna d'être seule et, brusquement, la pensée de son père au cimetière la fit aller au-dehors. L'humidité l'enveloppa comme un kimono étroit.

Elle rentra et découvrit Sayoko en robe et imperméable, les cheveux lâchés, un sac à main au bras.

— Breakfast soon, dit la Japonaise.

Elle disparut. Après un moment, un téléphone sonna et, après un moment encore, elle réapparut avec l'habituel plateau.

— Paul san meet you at temple, dit-elle. Today very busy. When Rose san finish, drive with Kanto san.

C'est l'armée, pensa Rose avec humeur. Le poisson du jour lui donna de la difficulté, le thé l'exaspéra. Elle se leva, alla à la porte où avait disparu Sayoko, l'ouvrit.

— Could I get some coffee ? demanda-t-elle.

Dans la pièce aux murs sablés, une théière de fonte, accrochée au plafond par une chaîne glissée dans un long bambou, surplombait l'âtre, simple trou carré d'où montait la chaleur de braises serrées sur la cendre. Un trépied enjambait la partie centrale du foyer. Le tout était enchâssé au milieu d'une zone surélevée de tatamis. Autour, le long des parois, couraient des étagères à vaisselle. Plus loin, il y avait un évier sous la fenêtre, une gazinière, des plans de travail en pierre douce, des placards aux façades de bois clair. Enfin, au mur, une grande calligraphie à l'encre de Chine inondait l'espace de ses éclaboussures de comète. La théière chuintait, la pièce parlait de sensations enfuies, d'un ailleurs familier où Rose se perdait ; dans sa robe de coton beige, les cheveux ceints d'un bandeau, Sayoko paraissait plus jeune, un peu vulnérable, et Rose se demanda quelle était son histoire, si elle était mariée, depuis quand elle servait son père.

— I prepare coffee, dit la Japonaise.

Rose fit un signe de remerciement, voulut refermer la porte.

— Monsoon is here, ajouta Sayoko. I give you an umbrella later.

Il ne manquait plus que la mousson, pensa Rose. Puis, sur une impulsion, elle dit :

— You take care of people.

Sayoko sourit. Sur son visage clair et lisse grandit une fleur. Épouvantée, Rose battit en retraite. Je déraille, se dit-elle, mais elle ne pouvait échapper à la vision de la corolle déployée. Elle appuya son front sur la vitre froide ; la pluie tombait, l'érable gouttait sur la mousse ; par le sourire de Sayoko, elle dérivait en un ailleurs qui lui murmurait qu'elle était chez elle.

Elle ignora le reste de son petit-déjeuner, évita le regard de Sayoko, but son café. À la porte du jardin, la Japonaise lui porta un parapluie transparent. Rose l'ouvrit et se plut à regarder le monde au travers des gouttes d'eau. Dans la voiture, il lui parut que la course durait longtemps, vers l'ouest puis vers le nord, jusqu'à une vaste zone de parking devant une enceinte trouée d'un grand portail en bois. Paul san coming soon, dit le chauffeur, Rose san waiting inside or outside ? Outside, dit-elle. Le son de la pluie sur le parapluie lui fit du bien, elle rêva un instant de vivre dans une goutte pleine et close, sans ailleurs ni autrefois, sans perspectives ni désir. Elle alla au portail ; de l'autre côté, une allée de pierre serpentait entre des murs de temples ;

elle rebroussa chemin. Après quelques minutes, un taxi s'arrêta à sa hauteur et Paul en descendit, un parapluie transparent à la main.

— Pardonnez-moi, dit-il, j'avais une vente importante ce matin.

Il ouvrit son parapluie, une feuille égarée s'y posa.

— Vous vous êtes un peu promenée ?

— Non, dit-elle. Où sommes-nous ?

— Au Daitoku-ji, répondit-il, un complexe de temples du bouddhisme zen.

— C'est quoi, une vente importante ? demanda-t-elle alors qu'ils empruntaient l'allée jusqu'au coude qu'elle faisait sur la droite. Beaucoup d'argent ?

— Un client pour longtemps, dit-il.

— Vous avez vendu quoi ?

— Un paravent. Un grand paravent par un des plus grands artistes vivants du Japon.

— Ça coûte combien ?

— Vingt millions de yens.

— Je vois que vous n'êtes pas concerné par les problèmes de trésorerie.

— C'est plutôt de vous qu'il s'agit, dit-il.

Elle s'arrêta au milieu de l'allée.

— Je ne veux pas d'argent.

Il s'arrêta à son tour.

— Vous n'avez aucune idée de ce que vous voulez.

Elle ne décela ni jugement ni reproche dans sa voix, voulut répondre, fit un geste qui signifiait : Ras-le-bol. Ils reprirent leur marche.

— Pourquoi boitez-vous ? demanda-t-elle.

— Accident de montagne.

La pluie avait cessé. Elle prit conscience du silence qui régnait, un silence *horizontal*, pur et incompréhensible – cela n'a pas de sens, pensa-t-elle. Pourtant, ce silence planait sur les allées, elle sentait qu'elle le fendait à mi-hanche, qu'il faisait une nappe d'ondes invisibles entre pierre et air. De part et d'autre du passage, il y avait des murs, des toits gris, des jardins qu'on apercevait par les porches de bois. Elle tenta de garder à l'esprit qu'elle n'était qu'une marionnette baladée par la volonté d'un mort mais le silence des lieux ruisselait sur elle, l'égarait en des pensées inédites. Ils s'arrêtèrent devant l'entrée d'un temple. À droite, sur un écriteau de bois, elle lut *Kōtō-in*. En face, le long d'un court chemin pavé, des rambardes de bambou et des pins précédaient des murs ocre ; au fond, à gauche, s'arquait un grand porche coiffé de tuiles grises ; de ce qui n'était à l'évidence qu'une antichambre naissait un sentiment de frontière, une fragrance d'autre monde.

Rose s'engagea dans le chemin.

La musique des pins l'enveloppa comme une liturgie, la noya dans les branches griffues, les torsions en pointes d'aiguilles souples ; une atmosphère de cantique flottait, le monde s'aiguisait, elle perdait la notion du temps. La pluie reprit, fine et régulière, elle ouvrit son parapluie transparent – quelque part en lisière de sa vision, quelque chose s'agita. Ils passèrent le porche, il y eut un autre coude vers la droite puis, devant eux, une allée. Longue, étroite, bordée de buissons de camélias et de rampes de bambous par-dessus une mousse argentine, cernée, à l'arrière, de hauts bambous gris, surplombée d'un arceau d'érables, elle menait à un portail au toit de chaume et de mousse où on avait planté des iris et où s'alanguissait la dentelle des feuilles. C'était, en réalité, plus qu'une allée ; un voyage, se dit Rose ; une voie vers la fin ou vers le commencement. Ils empruntèrent le passage et, comme le premier jour, elle fut traversée d'une ancienne souffrance que venaient baigner des éclats de joie arrachés au néant. Après deux autres coudes, ils parvinrent à l'entrée du temple. En foulant les coursives jusqu'à une galerie en surplomb d'un grand périmètre de mousse, Rose se sentit chez elle. Il y avait là d'autres bambous, d'autres érables, une lanterne de pierre, mais surtout une manière de liberté, un arrangement élastique où les chaumes et les arbres paraissaient jouer dans le vent. Elle respirait avec légèreté, saisie d'une sensation de *possibilité*, emportée vers une ligne de fuite délicieuse – plus libre, imparfaite et vivante. On leur apporta un bol de thé vert mousseux qu'elle considéra avec réticence.

— Thé macha, dit Paul en la regardant.

Puis, comme elle hésitait :

— Allez-y, la vie est faite pour essayer.

À contrecœur, elle porta le bol à ses lèvres. Dans le goût de verdure, dans l'attaque de feuilles et d'herbe, de lentilles d'eau et de cresson, elle lut la terre de riz et de montagnes où elle avait été menée – une terre où, de chaque chose, on retirait le sucre et le sel pour ne plus garder qu'une saveur sans arêtes, une saveur de rien, un concentré lisse et pâle de forêt d'avant les hommes. Goût de rien, goût de tout, pensa-t-elle. Ce pays me tue.

— Ce pays me tue, dit-elle.

Il rit sans qu'elle sache si c'était d'assentiment ou de dérision. Elle chercha à cerner la sensation où elle se sentait dériver.

— Il y a quelque chose de l'enfance, ajouta-t-elle.

— Ça vous déplaît ? demanda-t-il.

— Je ne vois pas ce qu'il y a de bon dans l'enfance.

— Mais on ne peut pas l'arracher de soi.

— C'est votre éternel argument, c'est là donc il faut faire avec ? dit-elle.

— Ce n'est pas de la résignation. J'essaye seulement de comprendre ce qui est défaite et ce qui est sagesse.

— Défaite ? demanda-t-elle. Dans ce cas, où est la victoire ?

Il regarda autour de lui.

— La vie est transformation. Ces jardins sont la mélancolie transformée en joie, la douleur transmuée en plaisir. Ce que vous regardez ici, c'est l'enfer devenu beauté.

— Personne ne vit dans un jardin zen, rétorqua-t-elle.

Ils quittèrent le temple par l'allée des merveilles et se retrouvèrent dans l'antichambre des pins. Elle se souvint des jardins du Pavillon d'argent taillés à la précision et au tranchant de l'épée ; de ceux, tout juste visités, souples et insouciants, du Kōtō-in – puis elle se rappela avoir pareillement arpenté les premiers comme en pays d'enfance et comprit que chacun portait en lui sa part d'innocence et de lame, qu'on y marchait de concert sur le toit de l'enfer en admirant les arbres, que ce balancement entre la candeur du bonheur et la cruauté du désir était la vie elle-même. Elle resta un instant à regarder les pins. Il se mit à pleuvoir plus fort, ils ouvrirent leurs parapluies.

Plus tard, le chauffeur les laissa à l'entrée du pont qu'elle avait emprunté la veille. Il ne pleuvait plus, Paul s'accouda un instant face aux montagnes du

Nord. Bleu marine sur le gris profond du ciel, elles lançaient vers la voûte invisible de grandes salves de vapeur. Derrière eux passait une foule nombreuse – jeunes gens de sortie, touristes, hommes et femmes ordinaires affairés à une existence que Rose trouvait inaccessible et cruelle. Une maiko les dépassa, l'œil sérieux, l'air grave.

— Le pont de Sanjō broie toujours mon cœur, dit Paul en la suivant des yeux.

Rose observa la nuque blanche de la femme, imagina une vie de secrets, de pleurs dans le soir.

— Ce n'est pas de moi mais de Keisuke, dit-il encore.

le pont de Sanjō broie toujours mon cœur
comme grain de riz tendre et le transforme
en farine sur la nuque des maikos

Elle le suivit jusqu'à la même galerie commerçante où elle était entrée mais, cette fois, ils prirent à gauche jusqu'à un restaurant au long comptoir de bois doré. Paul salua la serveuse et continua vers une arrière-salle occupée par une unique grande table. La lumière les enveloppait d'un souffle soyeux, Rose la voyait et le ressentait d'un même effleurement du regard et de la peau. Durant le déjeuner orchestré d'une succession de petits plats précieux et bizarres, ils restèrent silencieux. À la fin, Paul commanda des cafés et elle eut envie de parler.

— Le thé de ce matin n'avait presque pas de goût et, pourtant, il avait le goût de tout, commença-t-elle.

— C'est une bonne définition du Japon, dit-il.

Elle poursuivit son idée.

— Ma grand-mère disait que tout écrasait ma mère, qu'elle voyait la vie comme un seul bloc de granit, une seule masse accablante.

— Il y a une propriété du domaine impérial, à l'ouest de la ville, qui s'appelle la villa Katsura.

Il se tut.

— Et ? dit-elle.

Il ne répondit pas. Il réfléchissait.

— À l'entrée, la perspective sur le jardin et les étangs est cachée par un pin de telle sorte qu'on ne puisse pas l'embrasser d'un seul regard, reprit-il. La vie n'est peut-être qu'un tableau qu'on contemple derrière un arbre. Elle s'offre à nous en totalité mais nous ne la percevons qu'au travers de perspectives successives. La dépression rend aveugle aux perspectives. Le tout de la vie vous écrase.

Elle chassa de son esprit les images qui s'y insinuaient, se concentra sur les arbres du Kōtō-in, sur l'écrin de mousse et de feuillage où avait jeté l'ancre une lanterne, se perdit dans les branches, attentive à leur calligraphie, à leur texte muet. Ils sont prisonniers de la terre, pensa-t-elle, et pourtant ils sont la possibilité de la vie, taillés pour dire les racines et l'envol, la lourdeur et la légèreté, la puissance d'agir en dépit des prisons. Puis son humeur maussade reprit le dessus.

— La vie finit toujours par nous écraser, dit-elle. À quoi sert d'essayer puisqu'on est en prison ?

— Que risquons-nous ? demanda-t-il. Par le seul fait de vivre, tous les risques ont déjà été pris.

De nouveau seule dans la maison de son père, elle erra, désœuvrée, entre sa chambre et la pièce de l'érable. Les portes le long du couloir l'appelaient mais quand elle tendait la main vers l'une d'elles, un sentiment sacrilège l'étreignait. Le souvenir du regard grave de la maiko la fit s'asseoir face à l'arbre dans sa cage vitrée. Ses pensées dérivaient, le temps passait dans une immobilité glacée. J'ai peur, se dit-elle soudain, et une image surgit du néant. Quand ? se demanda-t-elle en revoyant la corolle fraîche posée à côté d'une carte botanique aux contours flous. Les pétales de l'aubépine vibraient doucement, elle se voyait écrire quelques notes ; le décor se dérobait ; quelque part en elle palpitait la fleur. *J'étudiais, j'apprenais le métier*. Elle tenta de se remémorer le moment puis l'inutilité de sa tentative la frappa et, avec elle, de toutes les tentatives. Alors l'image céda la place à une autre et, derrière l'écran déchiré du souvenir, elle reçut le visage souriant de sa mère. Dans le tremblé de la mémoire, elle lui parut plus réelle et plus vraie qu'autrefois, et l'ironie de cette incarnation lui arracha un rire sec. Combien de sourires en trente-cinq ans ? se dit-elle avec amertume, et tout revint d'un coup – la cuisine de Paule, la fleur et la carte sur la table, Maud debout devant elle, lumineuse, désertée d'ombre, qui lui souriait et lui demandait : C'est une aubépine ? Quel âge avais-je ? pensa Rose. Vingt ans ? Cent, sûrement. Et encore : De quoi le deuil est-il le plus difficile ? De ce qu'on a perdu ou de ce qu'on n'a jamais eu ? Puis, subitement, elle songea au pin de la villa Katsura qui empêchait qu'on aperçût le tout de la vie et elle pensa encore : Je n'ai pas peur d'échouer, j'ai peur de réussir.

6

Il se trouve à Kyōto un temple populaire dénué de la beauté des grands joyaux de la cité mais qu'on affectionne pour son carré de deux mille pruniers où toute la ville va se promener dans les derniers jours de février. Malgré cela, Issa, le poète magnifique, n'y allait que lorsque les bois des arbres étaient encore noirs et nus, dépourvus des fleurs qui, plus tard, embaumeraient alentour. Dès l'apparition de la première corolle, il quittait le carré cependant que ses pairs venaient admirer le miracle des pétales jetés sur les branches hivernales. Quand, parfois, on s'inquiétait de ce goût qui le privait de la plus belle floraison de l'année, il riait et disait : J'ai attendu longtemps dans le dénuement, à présent la fleur de prunier est en moi.

La fleur de prunier est en moi

Maud, la mère de Rose, avait grandi dans la mélancolie et, quoi qu'elle fît ensuite de sa vie, s'y était tenue avec une persévérance admirable. Le temps lavait la vie de pluie, y faisait venir le soleil, la lune brillait et Maud demeurait dans l'obscurité. Au reste, elle habitait son chagrin comme un renard sa tanière ; quand elle sortait dans les bois, c'était pour retourner, inchangée, au terrier ; quelque biais que tentât Paule, sa mère, elle s'échouait contre des falaises de pierre dure. Après un certain temps, de guerre lasse et le cœur brisé, Paule renonça. Les années passaient, noyées de grisaille, Maud travaillait, voyageait, rentrait, inaltérable en son château triste. Aussi, quand elle revint de Kyōto portant l'enfant d'un homme sitôt quitté, Paule en fut accablée. Elle voulut que Maud promît que le nouveau-né connaîtrait son père et se heurta à une rage inédite, seule entorse jamais faite par sa fille à la mer étale de sa mélancolie.

Rose naquit et dut son prénom à Paule qui aimait les fleurs et voulait que sa petite-fille les fréquente. Bientôt, Maud cessa de travailler et passa ses journées dans le salon, face à la verrière, sans regarder les lilas. De temps en temps, elle pleurait mais y mettait, comme en toute chose, peu de conviction – alors Paule emmenait Rose au jardin sans se figurer qu'elle pût la protéger vraiment. Dix ans durant, toutefois, elle retint son souffle et voulut croire au miracle ; de fait, Rose était une enfant charmante qui lisait, explorait et riait tout le jour ; puis, un soir, après une décennie à ne pas les entendre, les larmes de sa mère la firent à son tour chavirer. Paule envoya à un certain Haru Ueno, dont le nom et l'adresse figuraient sur une lettre adressée à Maud, la dernière photo qu'elle eût de Rose avant le basculement. Elle signa simplement *Paule* au dos, ne sut jamais si l'envoi lui était parvenu, s'il avait été tenté de répondre en bravant l'interdit, en fut longtemps hantée.

Dans sa lettre à Maud, Haru Ueno écrivait seulement : *Je respecterai ton vœu, je ne chercherai pas à voir ma fille, ne te fais pas de mal.* Un jour, alors que Rose fêtait ses vingt ans, Paule comprit qu'elle l'avait lue. Quand ? demanda-t-elle, mais elle connaissait la réponse. Tu t'es tue pendant dix ans ? ajouta-t-elle. Rose hocha la tête et elles n'en reparlèrent plus pendant une autre décennie et demie. Cette année-là, un soir de juin, Maud alla à la rivière, les poches emplies de cailloux, et se noya dans un silence magnifique après avoir admiré les arbres au miroir de l'eau calme.

— Tout ça pour ça, dit Rose avec rage.

— À présent, tu peux rencontrer ton père, murmura Paule.

— J'aurais pu le faire avant, répondit Rose, la lettre n'était pas pour moi.

Puis le silence revint assourdir leurs vies. Deux ans plus tard, Paule mourut à son tour. Le soir même, Rose fit l'amour avec son amant du moment dans une indifférence si cruelle qu'elle ne le sentit pas se retirer d'elle, ne l'entendit pas quitter la chambre, ne se rappela pas, le lendemain, l'avoir accueilli dans ses draps, dans son corps, dans sa vie devenue exsangue. Quelques mois passèrent où elle ne se connaissait plus. Une forme d'apaisement naissait de la défaite et elle cessa de vouloir être heureuse ; le désir en était déjà si ténu, et depuis si longtemps, qu'il céda avec indolence. Trois années dérivèrent dans cette léthargie informe. Enfin, elle prit un avion pour Kyōto.

Elle s'éveilla dans un sentiment de malheur et de pluie. Le bruit de l'eau faisait le monde évanescent, lointain. Elle alla à la salle de l'érable, le découvrit baigné d'une étrange clarté. De cette obscurité miroitante d'averse jaillit un fragment de joie.

Sayoko sortit des cuisines.

— Paul san coming, dit-elle. Rose san want tea ?

— Coffee, please, répondit-elle.

Elle aurait voulu la retenir, lui demander qui elle était, pourquoi elle parlait anglais. La Japonaise sentit son hésitation, resta là un instant puis, comme Rose ne disait rien, repartit. Elle revint avec une tasse rouge au modelé irrégulier, d'une délicatesse de coquelicot, et regarda Rose tandis qu'elle buvait.

— Rose san beautiful, dit-elle.

Surprise, Rose reposa sa tasse. Les Japonais trouvent toujours que les Occidentaux sont beaux, pensa-t-elle.

— Japanese people always find Western people beautiful, dit-elle à haute voix.

Sayoko rit.
— Not always. Too fat.
On entendit coulisser la porte du vestibule.
— I remember your mother, dit Sayoko. Very sad.
Enfin, alors que Paul entrait dans la pièce, elle s'éclipsa.
— Où allons-nous cette fois-ci ? demanda Rose.
— À Shinnyo-dō.
— Étonnez-moi : un temple bouddhiste ?
— Un temple bouddhiste.

Dans la voiture, elle eut la sensation que sa vie épousait les lignes de fuite des rues grises.
— Il va pleuvoir longtemps ? demanda-t-elle.
— Un moment mais vous regretterez la fraîcheur de la mousson quand la chaleur de l'été arrivera.
— Le climat n'est pas folichon ici.
— On s'y habitue, dit-il.
— Le Japon, ce pays où on souffre beaucoup sans y prendre garde, se souvint-elle.
Il sembla surpris.
— C'est votre amie Beth Scott qui m'a dit ça le premier jour.
— Beth a une vision romantique du Japon, dit Paul, elle fait partie de ces gens qui vivent dans un jardin zen.
La voiture s'arrêta devant une allée de pierre qui menait à un porche rouge puis montait au-delà jusqu'à un temple et une pagode de bois sombre. Il ne pleuvait plus, ils ne prirent pas leurs parapluies et sortirent de la voiture dans un parfum de terre humide et de fleurs inconnues. Rose posa le pied dans l'allée et se retourna, guettant une présence. Il n'y avait personne. Plus loin, la grande cour du

temple était déserte mais la sensation s'amplifiait. *Nous ne sommes pas seuls ici.* Par ces êtres invisibles et muets dont elle ne savait rien, dont la présence drapait le monde d'une brillance nouvelle, elle avait le sentiment de dériver dans l'épaisseur du temps. Elle regarda autour d'elle les érables, la pagode de bois ; regarda le grand temple sombre perché sur cette colline solitaire, sans touristes, sans visiteurs. D'où venait qu'ils étaient en compagnie, que des esprits les entouraient, les entraînaient dans des cachettes secrètes ? Dans le même temps, elle percevait quelque chose *d'espiègle* ; rien ne faisait sens, tout était saturé de sens ; c'est quoi, ici ? se demanda-t-elle.

— C'est quoi, ici ? dit-elle à voix haute.

— Un temple où Haru venait se promener chaque semaine.

— C'est peuplé, dit-elle, consciente de raconter n'importe quoi.

— C'est un lieu d'esprit.

Sa propre exaspération la surprit elle-même.

— Vous n'en avez pas assez d'être si compassé, si sentencieux ? demanda-t-elle.

Pour la première fois depuis le début, il parut agacé.

— Vous ne me laissez guère d'espace pour autre chose, dit-il.

— Vous êtes le larbin d'un mort, c'est ça qui vous rend si insipide et coincé, continua-t-elle.

— Je suis l'exécuteur testamentaire d'un homme que j'admirais et, à sa requête, je balade son emmerdeuse de fille de temple en temple. C'est ce que vous voulez ? Qu'on rentre dans votre petit jeu dépressif-agressif ?

Et, la plantant là, il partit, contournant le temple sur la droite et disparaissant de sa vue. Elle demeura immobile un instant, furieuse d'avoir été stupide, de l'avoir blessé, soulagée, aussi, qu'il fût finalement ordinaire. Grand sage de mes fesses, dit-elle à voix haute, et elle rit. Savoir qu'elle s'excuserait lui faisait du bien. L'espièglerie des esprits du lieu la charmait. Vous êtes quoi ? dit-elle encore à voix haute. Des kamis ? Des fantômes ? Elle suivit l'allée que Paul avait empruntée, se trouva derrière le temple sous une arche d'érables incurablement gracieux, prit à droite en longeant de grands murs. Devant elle, au loin, elle aperçut des tombes – un cimetière, se dit-elle, ça manquait. Elle retint son souffle en marchant entre les sépultures, les lanternes et les bambous célestes. Il y avait des pierres en forme de personnages sans visages et de longues tiges de bois qui claquaient dans le vent ; ornées d'écritures serrées, elles entouraient les tombes, simples socles de marbre surmontés d'une stèle plus étroite ; certaines étaient mangées d'années, envahies de lichen. De chaque côté, dans d'étroits vases du même marbre, on avait placé des fleurs de saison. Partout, la mousse ondoyait de reflets tendres et bleutés, partout les chapeaux à ailettes des lanternes jetaient dans l'atmosphère une note malicieuse. Dans le silence des morts, la vie s'étirait et, tout ensemble, pétillait. De grands arbres persistants bruissaient dans le vent, quelque chose d'autre, aussi, bruissait dans un étincellement de magie inconnue, dans l'ouvrage des tombes, des temples, des tiges caquetantes, des cris de corbeaux. Ils tournaient lentement au-dessus des toits, Rose aimait leur appel dissonant – au bord de la rupture, pensa-t-elle, et pourtant, quel calme.

Puis : Quel endroit. Elle continua son chemin et découvrit qu'elle se trouvait sur les hauteurs d'une colline. À droite, dans sa cuvette, s'étirait la ville. Au bout du passage, assis sur la première marche d'un grand escalier qui descendait vers d'autres tombes et d'autres temples, contemplant Kyōto, Paul l'attendait. Elle s'assit à côté de lui.

— Je suis désolée, dit-elle.

— Vous n'êtes pas désolée, rétorqua-t-il. Vous êtes une emmerdeuse professionnelle.

Il rit.

— C'est très bien comme ça, je suis fatigué d'être compréhensif.

De l'autre côté de la cité, un peu éteintes dans le crépuscule naissant, les montagnes de l'Ouest scintillaient faiblement. Des nuages tombait une lumière sombre, électrique ; passés au vernis d'averse, les toits des temples luisaient de reflets moirés. Dans la fin du jour, la laideur de la ville moderne ne choquait plus Rose. On n'y voyait pas de gratte-ciel, les reliefs de béton s'effaçaient dans une unité un peu triste. Paul se leva et elle emprunta les marches à sa suite. Le vent était tombé, il faisait doux et humide, elle se sentait descendre le long d'une travée d'esprits, d'années enfuies sans mémoire. Presque en bas, ils prirent à gauche, dans une courte allée qui se terminait contre l'arrière d'un temple. Là, Paul s'arrêta devant une tombe.

— Nous sommes à Kurodani, dit-il, où sont les cendres de Clara, de Nobu, le fils de Keisuke, et de Haru.

Elle observa la tombe de son père.

— Je suis censée ressentir quoi ? demanda-t-elle.

— Aucune idée, répondit-il.

Elle regarda vers le haut de l'escalier.

— Ce lieu est extraordinaire mais je ne sais pas pourquoi, dit-elle.

Quelque chose en elle vibrait comme une libellule. Les présences ineffables, les bambous célestes, la gaieté des pierres accomplissaient un office singulier et elle eut un instant de vertige. Une bourrasque égarée dans le calme du soir la fit sursauter, elle frissonna. La tombe ne lui disait rien mais lançait sur elle des hameçons invisibles et, quoique cela se fît sans éclat, elle discernait la mutation sous la platitude de l'instant – rien de spectaculaire, se dit-elle, à moins qu'il ne me pousse des branchies. Subitement, elle s'agenouilla et toucha du plat de la main la terre humide devant la sépulture. *La matière.* Ci-gît mon père, pensa-t-elle. Elle se releva. Tout était identique, tout avait *muté.* Elle se sentait vide, épuisée. Elle regarda Paul. Il pleurait.

Une brève averse passa tandis qu'ils repartaient et descendaient par une rue silencieuse jusqu'à Kanto qui les attendait devant la voiture, dans le noir. Le sens de la terre enivrait Rose, l'espace s'était dilaté, l'air exhalait un parfum de violette. Paul se taisait mais il y avait entre eux une intimité nouvelle – c'est meilleur que le sexe, pensa-t-elle. Dans la voiture, elle lui prit brièvement la main. Il la serra sans la regarder.

Au restaurant, une sorte de bar où on buvait en grignotant des petites brochettes frites, ils restèrent un moment silencieux. Le clair-obscur des lieux faisait aux objets et aux visages des irisations chaudes, légèrement mouvantes. Dans une alcôve éclairée, des grains lumineux dansaient sur un arrangement de branches nues. Le saké prolongeait leur intimité, Rose se sentait aérienne, ivre sans excès.

— Pas de fleurs, fit-elle remarquer en désignant le vase dans l'alcôve.

— Branches de prunier, dit-il. Les Japonais les préfèrent encore aux cerisiers.

— Ce n'est pas la saison pourtant.

— C'est peut-être un hommage à Issa. Il n'allait sous les pruniers qu'avant la floraison et quand on lui demandait pourquoi, il répondait : La fleur est en moi.

Elle prit une gorgée de saké glacé, presque blanc.

— Le cimetière n'était pas prévu aujourd'hui, dit-elle.

Il reposa sa coupe, la regarda pensivement.

— Ce n'était pas une requête de Haru, dit-elle encore.

— Je ne vais pas souvent à Kurodani, finit-il par dire après un moment. Quand j'y suis, je ne pense pas à mes morts, je pense à leurs funérailles.

Mes morts, se répéta-t-elle. Ai-je des morts que je puisse appeler les miens ?

— Le plus dur, en réalité, ce n'est pas d'être heureux sans l'autre, continua-t-il, c'est de changer, de ne plus être celui qu'on était avec l'autre.

— Vous avez l'impression de trahir votre femme ? demanda Rose.

— J'ai l'impression de me trahir moi-même, répondit-il.

Ils quittèrent le restaurant sous une brève éclaircie. Dans la coupe ouverte des nuages brillait une lune énorme, un peu rousse.

— Nous ne sommes pas loin de la maison, dit-il, vous voulez marcher ?

Il renvoya Kanto, ils prirent le long de la rivière sur les berges éclairées de lune, frôlèrent des herbes folles aux ploiements de ballerines. Quelques promeneurs passaient, le visage blanchi par l'astre, il faisait un peu froid, Paul lui donna sa veste. Il était perdu dans ses pensées, elle marchait dans une grande exaltation. Le cimetière lui parlait, la tombe de son père l'appelait, elle sentait en elle, sans qu'elle lui fût pesante, l'œuvre de la mort ; or cette œuvre prenait la forme d'une ronde où s'invitaient des esprits allègres, des silhouettes indécises et familières ; le souvenir du temple désert se couvrait d'une pellicule argentée, dans un après-coup qui donnait aux présences invisibles leur vraie forme. Démons, murmura-t-elle, ô joyeux démons, venez à moi comme autrefois – et elle sourit à cette brusque réminiscence des fables d'antan. Ils parvinrent à la maison et Paul prit congé devant la porte coulissante. Elle aurait aimé le retenir, il fit un pas en arrière, lui sourit. La lune disparaissait derrière un nuage, elle ne le vit plus, l'entendit refermer le portillon et s'éloigner de son pas calme et brisé.

Dans la nuit, elle rêva qu'elle se promenait avec son père dans un champ de pruniers près d'un temple de bois sombre. Derrière eux marchaient les démons de ses contes d'enfance. Devant une fleur d'une beauté extrême, les pétales en éclairs de diamant, les étamines comme des traits d'encre claire, Haru lui tendait la main en disant : Tu prendras le risque de la souffrance, du don, de l'inconnu, de l'amour, de l'échec et de la métamorphose. Alors, de même que la fleur de prunier est en moi, ma vie entière passera en toi.

en regardant les fleurs

7

Au temps des grands shoguns, dans la fin des âges médiévaux, il y eut un hiver si rude que les fleuves de l'archipel gelèrent et que les animaux ne purent plus boire aux ruisseaux. Un matin de février, sortant de sa maison, un petit garçon aperçut un furet. As-tu soif ? lui demanda-t-il après un moment où ils s'étaient tendrement regardés. Le furet inclina le museau et l'enfant l'amena auprès d'un bouquet de violettes qui avait percé le gel dans la nuit. Là, il lui dit : Bois aux fleurs, et le furet lécha avec avidité les minuscules hampes mauves. Que savons-nous aujourd'hui de ce garçonnet ? Peu de chose, en vérité – mais on connaît tout de même qu'il devint l'un des fondateurs de la voie du thé et qu'il composa un jour un poème qui parlait de violettes dans la glace.

Rose se réveilla et regarda par la fenêtre. De grandes brumes baignaient les versants, s'élevaient par respirations successives vers un ciel transparent. Il ne pleuvait plus, une fragrance de terre lourde montait de la rivière. Paul, pensa-t-elle, puis : Tout m'échappe.

Dans la salle de l'érable, Sayoko lui servit le petit-déjeuner vêtue d'un kimono noir serti de fleurs de glycine.

— Paul san in Tōkyō today, dit-elle. Rose san go to temple with Kanto san.

— In Tōkyō ? demanda-t-elle. It was planned ?

— Very important client, dit la Japonaise.

— When is he back ?

— Day after tomorrow.

Abandonnée sur le bord de la route, pensa Rose. Le coassement d'un corbeau, au-dehors, l'exaspéra, elle se leva avec impatience, alla à sa chambre, en revint avec la carte de Beth Scott.

— Can you call her ? demanda-t-elle.

Le cristal des fins de phrases de Sayoko accrut sa frustration, elle prit le combiné avec brusquerie.

— Avez-vous un peu de temps aujourd'hui ? demanda-t-elle à l'Anglaise.

— Cet après-midi, répondit Beth. Je vais dire à Sayoko où nous nous retrouvons.

Sayoko reprit le téléphone, écouta, raccrocha, eut une imperceptible moue de désapprobation. Elle ne l'aime pas, pensa Rose avec une satisfaction mauvaise.

— I won't go to the temple, dit-elle.

— Yes, you go, dit la Japonaise avec placidité.

Rose eut envie de répondre *go to hell*, renonça, sortit, traversa le jardin dont les azalées décomposées de pluie lui parurent misérables, claqua la portière de la voiture. Durant le trajet vers les montagnes de l'Est, elle ne regarda que ses mains. Lorsque Kanto s'arrêta et lui dit : This is Nanzen-ji, elle sortit en claquant de nouveau la portière, fit quelques pas rageurs, trébucha. Derrière elle, Kanto dit encore : Temple there. Elle se retourna et vit qu'il indiquait le bout d'une allée arborée.

C'était une aire extraordinaire – partout des temples, des arbres, de la mousse, de grands porches aux ailes recourbées. Elle marcha jusqu'à un immense portail à deux niveaux de toits, avec un étage à cloisons de papier et une coiffe de tuiles grises. Au travers, on voyait les branches des érables et, au loin, devant un temple, un grand encensoir d'où montaient des volutes pâles. Il y avait du vent, on entendait claquer des bambous invisibles, l'air sentait la pluie. Elle gravit les marches qui menaient au portail percé de deux grandes ouvertures rectangulaires appuyées sur de gigantesques piliers. Elle passa de l'autre côté, eut le sentiment de franchir un écran invisible, arpenta l'allée jusqu'à la vasque de bronze. L'encens faisait le monde épais ; traversant les parfums, elle sentit leur sceau s'imprimer. À droite, elle rallia l'allée principale et la suivit jusqu'à l'entrée du Nanzen-ji. Derrière elle, Kanto se matérialisa, paya l'entrée, lui tendit un morceau de papier et repartit. La blancheur des murs extérieurs la surprit, aussi que la pénombre des galeries de bois. Par ce prologue obscur, entrant de nouveau dans la lumière, quelque chose la prit à la gorge. *Je vois pour la première fois*. Elle s'assit sur le sol, resta à contempler le rectangle de sable et de verdure. Tout autour couraient les galeries intérieures puis des murs surmontés de tuiles grises. Au-devant, dans la longueur, on avait ratissé un sable gris de lignes parallèles droites et courbes. À l'arrière-plan, précédant l'enceinte, se jouait une partition de quatre arbres caressés d'une marée de mousse, de pierres anciennes et de quelques buissons d'azalées. C'était le jardin le plus sobre, le plus étrangement *révolu* qu'elle eût jamais vu, revenu d'une traversée des âges géologiques ; pourtant, tout y était vivant – le mouvement immobile, pensa-t-elle, limpide et vibrant, la présence absolue des choses, la leçon dernière du monde. Combien de siècles pour parvenir à ce présent total ? Elle leva la tête et vit la superposition du sable, de la mousse, des arbres, des murs, des tuiles ; au-delà, les arbres accrochés à la colline, disposés comme des sculptures, lancés, enfin, dans l'encre du ciel ; vit l'esprit vivant de l'architecture, sa nature changeante et parfaite – parfaite, dit-elle à voix haute. Elle pensa à Paul et eut un coup au cœur. Après un moment, elle alla arpenter les autres galeries, trouva les jardins annexes quelconques, revint au tableau premier, s'y égara de nouveau. Elle partit dans un déchirement exquis. Je reviendrai, dit-elle encore à voix haute.

Elle retrouva Kanto sur le petit parking ; elle se sentait neuve, minérale. Il ferma la voiture, pointa du doigt la rue en contrebas, dit : Going to eat now. Eat what ? demanda-t-elle. Tofu, répondit-il. Elle le suivit le long de petits temples précédés de minuscules jardins aux arbres calligraphiques. Un peu plus loin, sur la gauche, ils passèrent sous un porche, empruntèrent une allée bordée, sur un côté, d'érables et de mousse, sur l'autre d'une grande salle à tatamis qu'on voyait au travers de vitres un peu floues. On les fit se déchausser et on les installa sur des coussins, devant une table surmontée d'un réchaud. Only one menu, dit le chauffeur. Elle mordit dans un carré de tofu badigeonné de sauce verte, son goût de soja et d'herbe inconnue la surprit, elle rit sans raison ; Kanto restait impassible, on les resservait d'un thé grillé auquel elle eût préféré une bière. Meet Scott san now, dit-il. Elle le suivit à la voiture, regarda défiler les rues sans les voir, sursauta quand il vint lui ouvrir la porte. Scott san inside, dit-il en montrant une devanture masquée de rideaux courts.

Le Nanzen-ji continuait son ouvrage, un voile de minéralité l'enveloppait, quelque chose dérivait, quelque chose devenait liquide. Elle entra dans la maison de thé par une porte vitrée cachée derrière quatre pans de tissu brun frappés d'idéogrammes. C'était un vieux bâtiment de murs sombres avec un toit et un auvent couverts de tuiles grises ; à l'intérieur, un rêve de bois, d'étagères usées supportant des jarres de thé anciennes, scellées par des cordages orange avec des pompons longs ; un aréopage de jeunes femmes en blouse claire, tablier vert et fichu blanc posé sur le crâne comme une cornette de sœur, la salua avec enthousiasme. En face d'elle, des écritures suspendues au plafond indiquaient sans doute les thés à la vente. Un comptoir en L délimitait l'espace. À l'arrière, une grande calligraphie verticale surplombait des allées internes où on s'affairait à emballer et à peser. Sur la droite, dans une vitrine éclairée, étaient exposés des ustensiles, des boîtes de thé et une petite jarre précieuse dont le prix lui parut démesuré. Elle sursauta quand on vint lui parler en anglais. Le fichu de la jeune femme, de près, la perturba et elle ne comprit pas ce qu'elle lui disait.

— *Okyakusama* needs help ? répéta la jeune femme.

— Oh, dit Rose, the tea room, please ?

La jeune femme sourit, lui indiqua le fond de la salle puis fit signe de tourner à droite. Beth Scott l'attendait en lisant, le dos appuyé au mur sablé. Les tables étaient du même vieux bois sombre qui donnait à la maison sa patine. Des cloisons d'un bois plus clair, ajourées de lignes verticales, y ajoutaient une note contemporaine. Curieusement, la conjonction de ces éléments récents et de la bouilloire de fonte, des ustensiles de bambous derrière le comptoir, faisait un sentiment d'étirement du temps, de ferveur perdue. D'un côté, on voyait la rue au travers d'une fenêtre identique à celles de sa chambre, de l'autre, les vitres d'une baie ouvraient sur une scène végétale miniature, avec un érable, une fougère et quelques azalées.

Beth Scott leva les yeux vers Rose.

— Ah bonjour, bonjour, dit-elle, je suis heureuse de vous revoir.

Et, comme Rose s'asseyait :

— Prête pour une expérience mystique ?

Dans l'éclairage tamisé de la salle, elle avait un visage doux, presque soyeux.

— Où sommes-nous ? demanda Rose.

— Dans la seule maison de thé de la ville où on sert du koicha.

Elles s'observèrent.

— Vous avez fait du chemin, dit l'Anglaise.

Une serveuse vint à elles, Beth commanda dans un japonais que Rose trouva délicieux. La jeune femme au tablier vert rit en mettant la main devant sa bouche et s'éclipsa en frottant le sol de ses pieds.

— Je viens du Nanzen-ji, dit Rose. Mon père me fait balader de temple en temple, je suppose que c'est ça, faire du chemin.

— Le Nanzen-ji n'est pas le plus beau de tous, dit Beth, mais il me donne toujours un peu envie de pleurer.

— Il paraît que vous passez votre vie dans les jardins zen, dit Rose.

— C'est Paul qui vous a dit ça ? demanda-t-elle en riant.

L'évocation de Paul la fit rougir.

— Comment connaissiez-vous mon père ?

— J'étais une de ses clientes mais nous étions amis aussi.

— Vous faites quoi dans la vie ?

— Diverses choses. Je suis veuve, je suis riche, j'aime Kyōto, j'y passe neuf mois de l'année, il n'y a rien d'autre à dire.

Il y a beaucoup d'autres choses à dire, pensa Rose.

— Ma mère est morte il y a cinq ans, dit-elle. À ce moment-là, j'ai imaginé que mon père entrerait en contact avec moi.

— Il y a cinq ans ? répéta Beth. Il y a cinq ans, Haru est tombé malade et ensuite, la maladie a été longue et cruelle.

— Tout le monde a été malade ici, dit Rose.

— Vous pensez à Clara ? demanda Beth.

La serveuse déposa devant elles un petit gâteau vert et oblong pour Beth, rond et blanc pour Rose, avec, en guise de fourchette, un bâtonnet en bambou. L'assiette de Rose était émaillée de traînées brunes et grises.

— Mangez, dit Beth, il vaut mieux avoir quelque chose dans l'estomac.

Rose usa maladroitement de son bâtonnet, contrariée par la texture molle de la pâtisserie. À l'intérieur, il y avait une pâte rouge, sucrée en bouche, exquise en son contraste avec la douceur insipide de l'enveloppe.

— Comment était-elle ? demanda-t-elle.

— Clara ? Drôle, pragmatique, sans façons. Paul est un être secret, complexe. Elle était son accès à la vie terrienne. Ils riaient beaucoup ensemble. Elle l'aimait vraiment.

Rose reposa son bâtonnet.

— Paul a passé la dernière décennie à soigner des malades. Il n'a vécu que pour eux, pour sa fille et pour son travail.

— Il n'y a pas eu de femme dans sa vie depuis la mort de Clara ?

— Il y a des femmes mais je ne dirais pas qu'elles sont dans sa vie.

— Des femmes à Tōkyō ? demanda Rose en regrettant aussitôt sa question.

Beth Scott répondit d'un ton neutre.

— Elles ne sont pas importantes.

Je me ridiculise toute seule, pensa Rose avec exaspération.

— Les funérailles de Clara sont les plus tristes auxquelles j'aie jamais assisté, reprit Beth. Anna avait deux ans, Paul ne tenait debout que parce qu'elle était là. Sans elle, je pense qu'il serait mort. Il était en enfer et nous étions à ses côtés, désolés, impuissants.

Une intuition traversa Rose.

— Pourquoi boite-t-il ? demanda-t-elle.

— C'est à lui de vous le dire, répondit l'Anglaise.

La serveuse apporta deux bols sur un plateau, qu'elle posa sur la table voisine. Elle tourna le premier dans sa paume, le posa devant Beth, s'inclina. D'un beau brun clair, il s'ornait d'un lapin blanc dans un goût délicat. Il plut à Rose mais le second bol la bouleversa – ses irrégularités, ses craquelures grises sur un glacis clair, sa sobriété torturée, son impertinence de cicatrices folles.

— On doit cette technique de cuisson craquelée aux Song du Nord, dit Beth. N'est-ce pas magnifique ? De la plus grande simplicité, en toute imprévisibilité, naît la complexité.

Au fond des bols, il y avait une sorte de pâte d'un vert intense, presque fluorescent. Rose fit pencher le sien de droite et de gauche. La pâte oscilla à peine.

— Ça se boit ? demanda-t-elle.

Beth hocha la tête. Rose huma la substance et le thé du Kōtō-in lui revint en mémoire, sa force de rien, sa puissance totale ; elle but comme on se jette dans l'eau froide. L'amertume la saisit à l'estomac puis, tout de suite après, elle eut en bouche un goût de cresson, de légume, de prairie – est-ce que j'aime ça ? se dit-elle. Tout s'aiguisait. Dans sa gorge passait la conscience de vastes étendues de verdure.

— C'est le premier macha concentré de la cérémonie du thé, dit Beth. À présent, on va vous en servir un second, plus léger, en ajoutant de l'eau à ce qui reste sur les parois.

Rose lécha ce qu'elle pouvait de pâte de thé résiduelle. Quelque chose la ramenait au Nanzen-ji, à l'épaisseur du temps, à une primitivité perdue. La serveuse vint reprendre les bols, Rose ne désirait plus de pâtisserie, seulement l'amertume qui faisait lame et offrait un voyage en contrée oubliée.

— La nuit dernière, j'ai rêvé d'un grand temple précédé d'un champ de pruniers, dit-elle.

— Ça pourrait être Kitano Tenmangū, dit Beth, sur Imadegawa, vers l'ouest. En février, tout le monde va y admirer les fleurs.

Elle désigna son bol.

— À la fin du XVIe siècle, on y a tenu une des plus grandes cérémonies du thé jamais organisées pour l'empereur, avec trois des fondateurs de la voie du thé dont Sen no Rikyū. On dit qu'il y avait des milliers de convives.

Brusquement, Rose pensa à Paul. Elle secoua la tête, tenta de faire diversion.

— Vous avez des enfants ? demanda-t-elle.

Beth ignora sa question.

— La révélation de votre existence a été un choc, dit-elle. Il faut vous représenter la moitié de Kyōto aux funérailles, et Paul qui lit la lettre de Haru.

— La lettre ? dit Rose.

Un silence.

— Elle vous sera remise par le notaire, je pense, dit finalement Beth.

— Tout se décide sans moi, murmura Rose.

Beth rit.

— C'est la vie.

On leur porta le second thé, de même goût que celui du Kōtō-in mais avec une finesse supérieure où Rose décela des effluves de forêt, des battues de sous-bois.

— Qu'avez-vous aimé au Nanzen-ji ? demanda Beth.

Rose chercha ses mots.

— Sa limpidité, sa liquidité immobile, primitive.

Beth rit encore, d'un rire appréciateur, un peu étonné.

— Vous vous ressemblez, Paul et vous, dit-elle.

— Je ne vois pas en quoi, dit Rose.

— Mers intérieures. C'est là que vous naviguez.

Elle inclina la tête, pensive.

— Ça aurait plu à Haru, ajouta-t-elle.

Elle n'avait pas touché à sa pâtisserie.

— Vous ne terminez pas ? demanda-t-elle.

Rose fit non de la tête, Beth sourit.

— Je dois partir à présent, dit-elle, mais la prochaine fois, je vous emmènerai dans une autre maison de thé qui, je crois, vous plaira aussi.

Au-dehors, elles prirent congé. Chez Haru, Rose resta sur son futon dans un sentiment d'insupportable tension – ou bien est-ce de la frustration ? se demanda-t-elle. Aux iris de la veille, on avait substitué un camélia rose et sa résonance avec le Nanzen-ji la frappa. Tout se tient, pensa-t-elle, mais je ne fais pas partie de ce tout. Elle revoyait les pierres immobiles et mouvantes, le sable gris, ligné, les arbres sur la mousse ; chaque image la renvoyait à l'absence de Paul ; sans savoir pourquoi, elle sentait dériver de grands pans de banquise, dans une minéralité liquide. Après une heure de cette oisiveté informe, elle se leva, alla dans le couloir, resta là, immobile, en suspens. Enfin, elle prit à gauche et, à la hauteur des parois de bois sombre, fit coulisser une porte au hasard. Elle entra dans une pièce fraîche et nue. Sur les tatamis étaient éparpillés des bols de thé, quelques récipients de terre et de laque, un petit fouet en bambou. À même le sol, un brasero surmonté d'une bouilloire en fonte ; dans une alcôve, un rouleau figurant trois violettes inclinées vers un sol de glace ; au-dessous, dans un vase de bronze, une brisure de bambou. Par la baie ouverte sur un patio d'azalées, elle voyait le jour mourant nacrer les feuilles humides des plantes. La salle était vide, silencieuse – pourtant Rose y percevait une *existence*, un fantôme attentif et muet. Elle s'approcha d'un bol brun aux flancs torturés, tenta d'imaginer son père dans cette pièce, maniant ces instruments, buvant à ces bols humbles et superbes. À côté du fouet de bambou, on avait oublié une sorte de mouchoir lustré ; d'un beau violet profond, il reposait selon des plis alanguis ; on eût dit qu'il venait de choir d'une main invisible et, un instant, il sembla à Rose entrevoir une silhouette penchée qui se mouvait lentement, avec des gestes délicats et puissants. Elle s'approcha du rouleau dans l'alcôve. Sous les fleurs, on avait calligraphié des caractères disposés comme un poème. Certains, en haut à droite, se transformaient en oiseaux lancés vers le ciel ; du sol gelé montait une brume légère ; les violettes *vivaient*. Un bruit au-dehors la fit s'extraire de sa méditation. Elle sortit et referma la porte, animée d'une étrange révérence.

Dans la pièce de l'érable, elle trouva Sayoko assise à une table basse, des papiers étalés devant elle, des lunettes sur le nez.

— I'd like to go to Kitsune for dinner, dit-elle.

— Now ? demanda Sayoko.

Elle hocha la tête. La Japonaise sortit son téléphone, appela quelqu'un, raccrocha.

— Kanto san coming in ten minutes.

— Thank you, dit Rose.

Et, sur une impulsion :

— I need to write a letter.

Sayoko se leva, alla chercher dans un petit secrétaire une feuille de papier et une enveloppe. Rose s'assit à côté d'elle, prit le stylo qu'elle lui tendait, se perdit dans des pensées sans suite. Puis elle écrivit : *J'aimerais que vous me parliez de mon père*. Enfin, en retenant son souffle : *Vous me manquez*. Elle plia rapidement la feuille, cacheta l'enveloppe, la remit à Sayoko en lui disant : For Paul, et, épouvantée, s'enfuit dans le jardin.

8

Dans la Chine des Song du Nord, quand poésie, peinture et calligraphie marchaient de concert, nichées comme des joyaux dans le songe des sages anciens, on aimait particulièrement à représenter et à mettre en vers les paysages et les fleurs. Or, l'un des plus grands peintres de paysages de cette ère avait une petite-fille qui le priait chaque jour de lui dessiner un camélia. Une décennie durant, elle intercéda pour sa fleur. À quinze ans, elle mourut dans la nuit d'une affection fulgurante. Au petit jour, Fan Kuan peignit un camélia mouillé de ses larmes et calligraphia au-dessous un poème de pétales envolés. Enfin, contemplant le rouleau encore humide, il vit avec effroi que c'était sa plus belle œuvre.

Un camélia mouillé de ses larmes

Alors qu'ils arrivaient devant la lanterne rouge de Kitsune, elle ne sut plus pourquoi elle avait voulu venir. Kanto prit place au bar, elle s'assit en face, à une table pour six. La yakitori était déserte. Le cuisinier vint la voir. Same as last time but beer only, dit-elle. Il repartit vers ses fourneaux. Il n'avait exprimé aucune émotion. Elle but sa première bière d'une traite, regarda autour d'elle. Elle voyait des détails nouveaux. Sur le comptoir, devant les bouteilles de saké, il y avait un vieux téléphone à cadran ; des annonces publicitaires en métal rouillaient avec application ; certaines affiches de manga étaient déchirées. Quel homme était Haru pour aimer un tel endroit ? se demanda-t-elle. Une vague de ressentiment lui fit redemander une bière. Elle se sentait seule, aveugle, se reprocha un excès de sentimentalisme, s'en voulut d'avoir espéré – mais espéré quoi ? pensa-t-elle en commandant une troisième bière. Kanto lui tournait le dos, parlait placidement avec le cuisinier, elle sentait sa vigilance respectueuse, s'en exaspérait. L'œuvre de la mort, l'œuvre des pierres liquides, la lettre qu'elle avait écrite à Paul lui paraissaient à présent ridicules. Elle grignota ses brochettes avec le même ressentiment. Quand elle réclama une quatrième bière, elle vit que le cuisinier regardait Kanto. Le chauffeur fit un petit geste qui signifiait : Je m'en accommoderai et elle en fut mortifiée. Plus tard, lorsqu'elle voulut se lever, il vint la prendre par les épaules. Elle ne protesta pas, se laissa mener à la voiture. Dans le petit jardin, elle fit signe qu'elle continuerait seule, il n'insista pas. Elle se retrouva dans la pièce obscure de l'érable ; il vibrait doucement, les branches lourdes de nuit ; les arbres du Nanzen-ji griffèrent sa mémoire avec une acuité douloureuse. Elle alla à sa chambre, se déshabilla. Nue, à vif, elle regarda par la fenêtre, se passa la main sur le front, aperçut le carré de papier déposé sur le futon. À genoux, elle le déchiffra dans l'obscurité. *Paul san coming tomorrow at 7:30, I wake you at 7:00, Sayoko.*

Elle se laissa tomber sur les tatamis, les bras en croix. Une louche d'étoiles brillait au travers des nuages ; de la rivière montait une mélopée étrange ; elle resta longtemps éveillée sans bouger. Un peu plus tard, elle se réveilla en frissonnant, se hissa sur son futon, s'enveloppa du drap léger. La nuit brillait, elle sentait la présence d'esprits secrets, d'une vie de pénombre parcourue de soupirs, se souvint de son arrivée, des fleurs de magnolia éclaboussées de lumière, de la présence, déjà, des esprits. Tout est identique, tout est en mutation, pensa-t-elle. Une corolle grandissait, elle se sentait terrifiée. Elle sombra dans un sommeil sans rêves. Trois petits coups frappés à la porte la réveillèrent en sursaut. Elle se redressa, vit qu'il faisait jour. Elle avait mal à la tête. It's seven o'clock, dit la voix de Sayoko de l'autre côté de la porte. I am getting ready, marmonna Rose. Elle prit le savon pour le shampoing, ne parvint pas à se coiffer, revêtit une robe froissée, la troqua pour une jupe et une blouse qui n'allaient pas ensemble. Dans la glace, elle se fit l'effet d'un être mal achevé. Elle mit du rouge à lèvres, l'ôta hâtivement avec un coton, alla à la salle de l'érable. Paul et Sayoko la regardèrent et se mirent à rire. Elle s'immobilisa, interdite.

— Qu'y a-t-il ? demanda-t-elle.

Sayoko fit trois petits pas vers elle, sortit un mouchoir de son obi bleu azur et lui essuya la joue. Rose croisa son regard, y lut une compassion discrète. La Japonaise recula d'un pas, apprécia son travail, rit de nouveau en désignant son corsage.

— Vous l'avez mis à l'envers, dit Paul. C'est un concept ? Ça va avec le rouge à lèvres sur la joue ?

Il lui souriait. Il avait l'air fatigué, amusé. Elle se dit qu'il était grand, qu'il avait le teint clair – grand et fatigué, pensa-t-elle, je l'épuise.

— J'ai le temps de me changer ? demanda-t-elle.

— Ce serait dommage, vous avez déjà illuminé ma morne journée.

— J'ai très mal à la tête, dit-elle.

Il adressa quelques mots à Sayoko qui fit signe à Rose de la suivre aux cuisines. Là, elle l'assit comme une enfant, lui tendit un verre d'eau et un cachet blanc que Rose avala docilement. Rose san eat something ? demanda Sayoko. Elle déclina, remit son corsage à l'endroit, quitta les cuisines et suivit Paul dans le vestibule. Ils traversèrent le jardin. Devant le portillon, elle se retourna et vit Sayoko s'incliner. Enfin, la Japonaise leur fit un petit signe de la main. Rose baissa la tête, s'engouffra dans la voiture.

— Pardon pour ce réveil matinal, dit Paul, mais nous devons être au temple à l'ouverture. Après, il y aura vraiment trop de monde.

— Je croyais que vous restiez à Tōkyō aujourd'hui, dit-elle.

— Je suis rentré tôt ce matin. Après dîner, je suis repassé à l'appartement, j'ai pris une douche et j'ai attrapé le Shinkansen de quatre heures.

— Vous avez un appartement à Tōkyō ?

— Celui de Haru.

— Vous n'avez pas dormi ?

— Non, dit-il, je dînais avec des clients. C'était un long dîner.

Il rit.

— Aucune transaction sérieuse au Japon ne se fait sans un long dîner et beaucoup de saké.

Elle se demanda s'il avait eu sa lettre, l'imagina sur le quai d'une gare, perdu dans des pensées où elle ne figurait pas. Qu'il fût à côté d'elle la troublait ; elle se souvint qu'elle lui avait pris la main, l'avant-veille ; l'idée l'épouvanta. Il ne disait rien, regardait les rues défiler. La voiture s'arrêta sur un parking déjà encombré de trois cars de visiteurs. Elle le suivit le long d'un passage arboré bordé de quelques échoppes, l'attendit devant les caisses du temple, lui emboîta le pas le long d'un sentier bordé d'un grand étang à nénuphars qui lui parut désagréablement pittoresque – c'est un truc à touristes, se dit-elle, puis : Je suis un paquet de linge qu'on trimballe de laverie en laverie. Ils quittèrent les abords de l'étang, gravirent des marches de pierre sous une arche d'érables indolents, arrivèrent à l'entrée du temple, se déchaussèrent, prirent à gauche derrière d'autres visiteurs et furent devant le jardin.

— Ryōan-ji, dit Paul.

Elle regarda le grand rectangle de pierres et de sable et ne ressentit rien. Alors, comme le son d'une déflagration vient après coup, elle se laissa tomber sur le sol de la galerie de bois, écrasée de *matière*. De l'extérieur du jardin, des branches d'érables et de cerisiers retombaient en cascade sur les murs de l'enceinte. Au-delà, les frondaisons faisaient un écran touffu, exubérant. À l'intérieur, il n'y avait que du sable strié de lignes parallèles et sept pierres de tailles différentes autour desquelles on avait ratissé des ellipses – mais Rose ne regardait que les murs coiffés d'un toit en pente, avec des tuiles faîtières grises et un revêtement d'écorces. Ocre, moirés et patinés comme un palais italien, ils faisaient écho à l'or des nappes de mousse qui entouraient les pierres.

— Les murs ont toujours été de cette couleur ? demanda-t-elle.

— Non, répondit Paul, je pense qu'ils étaient blancs à l'origine.

— Ils font le jardin, dit-elle.

Il eut l'air surpris.

— Les pierres ont été disposées de telle sorte qu'on ne puisse jamais les embrasser d'un seul regard, dit-il.

Elle tenta de se concentrer sur la roche et le sable, son esprit dériva, retourna à la fresque des murs.

— Il y a une glose infinie sur le Ryōan-ji, ajouta-t-il.

— Vous l'avez lue ?

— En partie, pour le travail.

— Elle vous a appris quelque chose ?

— Avez-vous appris quelque chose en lisant vos livres de botanique ? demanda-t-il.

La question lui déplut.

— Je suppose que oui, dit-elle.

Pourtant, je ne regarde pas les fleurs, pensa-t-elle. Elle retourna à la *matière*, y chercha du réconfort.

— Haru était dur en affaires et loyal en amitié, dit Paul.

Il a eu mon mot, pensa-t-elle. Quelque chose, en elle, tangua, la substance des murs la happa.

— Quand je l'ai rencontré, il m'a dit : J'ai beaucoup de goût mais je n'ai aucun talent. Au fil des années, j'ai compris que c'était sa force : il savait exactement qui il était.

Elle tenta de se concentrer sur les ellipses autour des trois premières pierres, ne parvint pas à fixer son attention.

— C'est ce qui attirait à lui tant de gens.

Le regard de Rose revenait à l'or des murs.

— Il était japonais dans ses habitudes et atypique dans ses pensées. Je crois qu'il aimait aussi m'avoir près de lui parce qu'il fallait une oreille étrangère à ses conceptions hétérodoxes.

— Sur quoi ? demanda-t-elle.

— Sur les femmes, par exemple. Les Japonaises n'ont pas connu nos mouvements féministes mais Haru, à sa façon, était féministe. Il ne donnait pas de soirées entre hommes. Chez lui, les femmes participaient aux discussions.

— C'est pour ça qu'il faisait des gosses aux étrangères de passage ? demanda-t-elle et, se sachant puérile, elle se mordit la lèvre.

Il ne commenta pas.

— Le plus beau trait de son caractère, c'était qu'il savait donner. La plupart des gens donnent pour recevoir, par obligation, par convention, par automatisme. Mais Haru donnait parce qu'il avait compris le sens du don.

Elle flaira un parfum de danger, se concentra sur l'enceinte, eut soudain l'œil attiré par une pierre. Presque à ras de sable, plus petite que les autres, elle naviguait en mer infinie.

— Quand Clara était très malade, les derniers mois, nous parlions tous les soirs. Je venais le voir dans son bureau, on buvait du saké, il m'écoutait, il me parlait. Je n'ai jamais eu le sentiment qu'il s'y astreignait. Je ne sais pas si deux hommes ont jamais atteint une telle complicité.

Il se tut, elle comprit qu'il ne voulait pas continuer. Derrière eux, une troupe de Chinois bruyants faisait trembler le sol de la galerie.

— Le Ryōan-ji ne vous inspire pas ? demanda-t-il.

— On dirait un bac à litière géant, dit-elle.

Il éclata de rire et, l'espace d'un instant, il fut transfiguré. C'est le Paul d'avant, pensa-t-elle, celui que la mort de l'autre a tué. Ils demeurèrent là un moment en silence. De la pierre solitaire qui avait happé son regard, Rose alla aux autres, suivit un texte de roche et de sable ; la scène, elle aussi, se transfigurait ; elle scruta les murs, n'y vit plus ce qu'elle avait cru y voir. Elle revint à la sécheresse du rectangle de sable, décela une vibration dans le *temps* – temps de naître, temps de souffrir, temps de mourir, se dit-elle. Elle regarda Paul. Il avait fermé les yeux, elle se souvint de ses larmes au cimetière. Le sentiment de danger s'accroissait, en même temps qu'une présence amie, qu'un frémissement d'espérance. Alors, regardant les murs devenus ocre par la grâce des âges, elle sut qu'ils ne tenaient debout que par la force du jardin, que sa minéralité sans fleurs transmutait le temps en éternité ; sut que, par cette métamorphose des heures, plus aucun acte n'aurait la même signification ; enfin, pour une raison inconnue, le signe de la main de Sayoko, plus tôt, lui revint en mémoire – dans la solitude des pierres perdues de sable, il y avait une offrande. Quelle offrande ? se demanda-t-elle en scrutant la scène. Que peuvent donner la sécheresse et la nudité ? Elle laissa son esprit aller au gré de la partition des sept pierres, sentit encore qu'elles la noyaient dans une mer sans âge et que le jardin, par lui-même, *donnait*.

Paul se leva et elle le suivit, concentrée sur sa démarche heurtée et fluide. Dans la voiture, elle vit qu'il était fatigué.

— Et maintenant ? demanda-t-elle.

— Je vous ramène chez Haru.

— Nous ne déjeunons pas ensemble ?

— Je dois aller chercher Anna, elle est rentrée hier soir, dit-il.

— Vous êtes revenu pour Anna ? demanda-t-elle.

Il parut ne pas avoir entendu la question.

— Et pour les derniers temples d'avant notaire, bien sûr, ajouta-t-elle.

— Je suis revenu pour vous, dit-il, mon emmerdeuse professionnelle me manquait.

Il se pencha vers Kanto, dit quelque chose à quoi le chauffeur acquiesça, passa un bref coup de fil en japonais. Le trajet dura longtemps, dans un silence qui la fit se sentir fragile. En centre-ville, ils descendirent de voiture sur une grande rue à arcades. Paul s'engouffra dans un porche, grimpa un étage. Elle sentait sa fatigue, la douleur qu'il avait à la hanche. Il poussa une porte et ils furent dans une salle ultramoderne avec des tables blanches et des chaises vert pomme. Derrière le comptoir, de grandes affiches montraient des gaufres en extravagance de nappages divers. Il s'assit avec soulagement, elle prit place en face de lui.

— Des gaufres ? demanda-t-elle.

— N'oubliez pas que je suis belge, dit-il.

Derrière elle, la porte s'ouvrit. Il sourit et se leva, toute énergie retrouvée. Se retournant, Rose vit une fillette brune et bronzée qui courait vers eux. Elle marqua un léger temps d'arrêt en l'apercevant puis se jeta dans les bras de son père. Elle était accompagnée d'une Japonaise, la quarantaine peut-être, qui s'approcha timidement. Paul, le bras autour des épaules de sa fille, la salua et ils échangèrent quelques mots en riant. Rose s'était levée. Le visage d'Anna la fascinait.

— Anna, voici Rose, dit Paul.

La fillette la regarda gravement, s'approcha, se hissa sur la pointe des pieds et l'embrassa sur la joue.

— Tu es la fille de Haru ? demanda-t-elle.

— Il paraît, répondit-elle.

Anna la considéra d'un œil intense, bouche fermée, front plissé.

— Rose, je vous présente Megumi, dit Paul, la maman de Yōko, l'amie d'Anna.

La Japonaise s'inclina en souriant, dit quelques mots hésitants.

— Elle vous souhaite la bienvenue à Kyōto. Elle demande combien de temps vous comptez rester.

— Je ne sais pas, dit Rose, je fais ce qu'on me dit.

De nouveau, le regard acéré d'Anna. Paul traduisit quelque chose qui parut satisfaire Megumi ; elle prit congé en s'inclinant ; à la porte, elle se retourna et fit le même geste que Sayoko. La serveuse vint prendre la commande, Anna se mit à babiller, Paul l'écoutait en souriant. Les gaufres arrivèrent, la fillette se jeta sur la sienne, Rose contempla son propre échafaudage de pâte, de coulis vert et de grains rouges avec circonspection.

— Tu n'aimes pas les gaufres ? lui demanda Anna, la bouche pleine.

— Ce jus de Martien ne me dit rien qui vaille, répondit-elle.

La fillette éclata de rire, regarda son père. Rose était frappée qu'elle soit aussi brune et mate qu'il était blond et pâle – avec ça, petite et frêle, les traits fins, le nez un peu retroussé, la prunelle noire et brillante. Elle doit être le portrait craché de sa mère, pensa-t-elle. Anna racontait ses vacances entre deux bouchées voraces, riait, la dévisageait par intermittence ; alors Rose sentait sa vigilance, sa patience d'observatrice méticuleuse ; j'étais comme ça, se rappela-t-elle. Anna supplia Paul de commander une autre gaufre, prit Rose à témoin, eut un regard victorieux quand il céda. Puis, soudain, elle devint sérieuse.

— Tu habites où ? demanda-t-elle.

— À Paris, répondit Rose, mais j'ai aussi une maison en Touraine.

— C'est où ?

— Un peu au sud.

— Il y a des histoires là-bas ?

— Des histoires ?

— Les histoires des fées, des lutins qui y habitent ?

La fillette la regardait dans les yeux. Est-ce que j'ai envie de ça ? se demanda Rose. Elle regarda Paul. La ride sur son front s'était creusée, elle vit qu'il était soucieux. Anna attendait.

— Oui, dit-elle finalement, ma grand-mère les connaissait toutes, en particulier celles des démons joyeux.

— Tu me les raconteras ? demanda Anna.

Le cœur de Rose s'arracha comme une mauvaise herbe, il y eut un instant entre deux mondes ; puis les pierres du Ryōan-ji s'invitèrent dans la ronde – leur nudité, leur solitude minérale, la certitude de leur texte muet ; l'évidence que le dénuement donnait. Quelque chose bascula dans une douleur aiguë.

— Je te les raconterai toutes, dit-elle.

Anna lui sourit. Je suis un papillon qu'on épingle vivant, pensa Rose. Paul se leva, alla payer. Elle sentait qu'il était soulagé. En bas de l'escalier, Kanto les attendait.

— Vous avez quartier libre, lui dit Paul, je dois accompagner Anna chez le dentiste et, ensuite, j'ai des clients que j'emmènerai dîner. Je viendrai vous chercher demain matin, Kanto est à votre disposition aujourd'hui.

— Et vous ? demanda-t-elle.

— J'habite à côté, dit-il en désignant les immeubles du centre. Où voulez-vous aller ?

— Je vais d'abord rentrer me changer.

Il dit quelques mots à Kanto, elle monta en voiture, Anna se pencha vers elle et l'embrassa de nouveau sur la joue. Rose croisa le regard de Paul, y vit un voile de tristesse. Elle aurait voulu lui prendre le bras, le retenir, l'attirer à elle. Il referma la portière. Tandis que la voiture s'éloignait, Anna agita énergiquement la main, Rose fit en retour le même signe que celui de Sayoko. Quand ils arrivèrent chez Haru, elle monta à sa chambre, s'y laissa tomber sur le sol, y passa le reste de la matinée. Le camélia rose resplendissait de feux allègres et mélancoliques, elle s'absorbait dans sa contemplation, quelque chose en elle s'agitait sans répit.

Plus tard, elle se changea, alla à la pièce déserte de l'érable, frappa à la porte des cuisines et entra. Sayoko et une jeune femme en tenue de ménage prenaient le thé. On lui prépara un café et un bol de riz, elle attendit, assise sur les tatamis. Les deux femmes conversaient avec animation, Rose les écoutait, soulagée de ne pas parler, heureuse de ne pas comprendre. Elle but le café, mangea le riz, voulut partir. Sayoko lui fit signe d'attendre, fouilla dans son sac posé sur une étagère, en sortit un téléphone et le lui remit. Code zero zero zero zero, dit-elle. Number one is Paul san, number two is Sayoko, number three is Kanto san. Rose prit le téléphone, remonta dans sa chambre, s'allongea de nouveau. Une grosse averse fit le monde obscur, le camélia brillait par éclairs dans les miroitements de la pluie. Après un moment, elle sortit et, dans le couloir, sur une impulsion, ouvrit la porte coulissante qui faisait face à la chambre de thé. Elle entra dans une pièce à tatamis qui donnait sur la rivière. Elle n'était meublée que d'un lit médicalisé, dressé dans l'espace comme une araignée ; en face, un grand tableau abstrait ; sur une table de nuit laquée, un vase noir. Dans la lumière de pluie, la scène paraissait mouvante, incertaine. À la tache blafarde du matelas répondait la force vive de la peinture, immense tache carmin noyée dans un à-plat d'encre profonde. Mais bien qu'elle fût sans traits ni contours, Rose avait la conviction qu'elle figurait une fleur – un camélia, un lotus, une rose peut-être. Est-il mort ici ? se demanda-t-elle et, s'approchant, elle tendit la main vers le matelas nu. Elle retint sa respiration, hésita, recula. Un parfum indéfinissable mêlé de cèdre, d'anis et de violette flottait sur la scène. Il lui paraissait que des ombres s'attardaient dans la pièce et, un instant, elle crut sentir un souffle sur sa nuque. La violence du lit métallique la bouleversait cependant qu'une autre sensation se frayait un chemin en elle. Soudain, l'évidence que la corolle *vivait* en dépit des puissances de la mort la saisit. Elle pensa à Anna, à ses yeux brillants, aux démons joyeux, au signe de la main qu'elle lui avait fait tandis que la voiture s'éloignait. Alors elle revit le jardin de pierres et de sable ceint de murs d'or et pensa : Les murs ne sont rien sans le jardin, le temps des hommes sans l'éternité du don.

9

On rapporte qu'un matin, Sen no Rikyū lavait d'eau pure les pierres du chemin qui menait à sa maison de thé quand un jeune renard surgit des arbres voisins et se posta sous le feuillage d'un grand bambou céleste. Après un moment où ils s'observèrent en silence, le renardeau arracha délicatement une branche de bambou et alla la déposer sur une des pierres plates que fouleraient les convives de la cérémonie du même soir. Quand son jeune disciple s'étonna qu'il la laisse là, dans le passage des hôtes, Sen no Rikyū lui dit : Le renard et le bambou enseignent le détour.

Le bambou enseigne le détour

À trois heures, Rose décida de sortir. Dans la pièce de l'érable, elle trouva Sayoko occupée à arranger un bouquet de branches de magnolia. Elle fit comprendre qu'elle s'en allait mais la Japonaise abandonna ses fleurs, prit sur une table basse une petite bourse à motifs de nuages roses et la lui remit en disant : Money for stroll. Rose remercia d'un signe, Sayoko sourit, elle sourit en retour, indécise. Alors qu'elle s'apprêtait à tourner les talons, la Japonaise tira de sa ceinture une photographie et la lui tendit. Surprise, Rose la prit. On y voyait Sayoko et trois autres femmes de même visage doux ; seules différaient la teinte et la coupe de leurs cheveux noirs ou gris ; elles avaient la peau nacrée, l'ovale pur ; elles riaient, assises sur des tatamis devant un décor de montagnes.

— My sisters, dit Sayoko.

Rose resta coite. Le cliché était froissé, elle imagina que Sayoko le regardait souvent. Elle scruta les traits des sœurs avec curiosité. Femmes de devoir, pensa-t-elle, mais leur rire est vivant.

— You need one, ajouta la Japonaise.

Rose hocha la tête, lui rendit la photographie. Dans le vestibule, elle prit un parapluie. Il pleuvait par averses régulières mais le ciel s'était éclairci et on voyait le soleil sous la découpe des nuages. Elle alla à la rivière ; des hérons immobiles parsemaient les berges. Elle marcha jusqu'au pont du deuxième jour, prit à gauche devant l'entrée de la galerie couverte, se promena un instant sous les arcades de la rue du restaurant de gaufres. Une porte automatique s'ouvrit sur sa droite et laissa passer un vacarme dément. Elle entra dans une salle violemment éclairée au néon, ne comprit pas ce qu'elle regardait. Devant des machines de casino multicolores étaient assis des hommes et des femmes, le regard vide. Le bruit était inouï, la laideur insensée ; l'enfer, le vrai, pensa-t-elle, l'antimonde de Haru. L'absurdité de ce Japon malade et fou la chassa, elle rebroussa chemin jusqu'à la galerie couverte, prit à droite jusqu'à la grande avenue, la traversa, continua vers le nord. Après quelques mètres, la rue devenait plus charmante, bordée de boutiques raffinées. Elle entra dans l'une d'elles, admira sur des étagères de bois une vaisselle semblable aux tasses de son père, trouva tout magnifique. S'approchant d'un plat creux au grainé de riz, blanc avec des aspérités qui prenaient le jour par à-coups, elle vit à côté la photo d'un homme devant un tour de potier. Elle se demanda si c'était l'un des artistes de Haru, déchiffra le prix du plat, décida qu'il n'était pas assez cher. Elle ressortit, remonta la rue, regarda des vitrines de pinceaux, de papier, de laques. Elle se sentait désœuvrée, incongrue ; Kyōto ne l'attendait pas, ne la connaissait pas, elle errait au hasard, inutile et futile. Elle pensa à Sayoko, aux quatre sœurs, à leur visage souriant – prisonnières mais lumineuses, se dit-elle, et elle se sentit plus décalée encore. Bientôt, sur la droite, elle reconnut la maison de thé à ses bandes de tissu aux idéogrammes flottants. Tout ce qui, dans le centre de la ville, lui paraissait auparavant disgracieux la touchait désormais ; les petits bâtiments, les rues paisibles, les boutiques précieuses ; elle en comprenait la continuité avec les jardins admirables. Les mots de Beth Scott lui revinrent en mémoire : des jardins où les dieux viennent prendre le thé. Plutôt un pays pour démons joyeux, pensa-t-elle, même au cœur du sublime, on y est en compagnie de l'enfant qu'on était.

Elle entra dans la maison de thé, se laissa mener à une table de l'autre côté de la salle. Elle commanda en anglais, vit la serveuse en tablier vert sourire. Which koicha ? demanda la jeune femme. Rose fut déconcertée. On lui montra la carte, il y en avait deux, elle choisit le moins cher. À la première lampée pâteuse, elle pensa à Paul, à son absence, à son abyssale tristesse. L'idée qu'il fallait attendre le lendemain pour le revoir l'insupporta. Je suis un paquet de linge sale déposé sur le comptoir désert, se dit-elle encore. Elle but une deuxième gorgée de koicha et le visage d'Anna l'envahit – ses yeux attentifs, avides d'histoires de lutins, la pensée qu'elle n'avait pas les traits de son père, qu'elle ressemblait à sa mère. Elle termina son bol, attendit le suivant, le but rapidement, réconfortée par l'aménité du thé léger. Elle prit le téléphone, se débattit un instant avec les touches, trouva les contacts, pressa le troisième, attendit. Quand elle entendit la voix de Kanto, elle dit : I am at the tea house, can you come ? Ten minutes, répondit-il. Elle paya et sortit attendre sur le trottoir. Il ne pleuvait plus, l'air sentait le goudron.

Kanto arriva et, dans la voiture, se tourna vers elle. Can we go to Nanzen-ji ? demanda-t-elle. Closed now, répondit-il. Elle regarda son téléphone. Il était six heures. Home then, dit-elle. Dans la pièce déserte de l'érable, elle eut envie de s'allonger et de dormir sous les feuilles. Elle sursauta quand son téléphone sonna. Elle l'ouvrit, vit *Paul* inscrit sur l'écran. Elle décrocha, le cœur battant.

— Êtes-vous trop fatiguée pour un verre après dîner ? l'entendit-elle demander.

— Non, répondit-elle.

— Vous serez en ville ?

— Je serai chez Haru.

— Je passe vous chercher dès que j'en ai fini avec mes clients.

Elle alla à sa chambre, prit un bain, mit une robe à fleurs, du rouge à lèvres, releva ses cheveux, résista à l'impulsion de se démaquiller, revint dans la grande pièce. L'érable tanguait légèrement. Elle s'allongea sur un sofa bas et aima la sensation qu'elle chavirait. Bientôt elle s'endormit. Au creux de ses rêves indistincts volait une fée qui avait le visage d'Anna ; elle glissait en plein ciel puis se posait sur son épaule et murmurait son nom. Elle se réveilla et, ouvrant les yeux, vit Paul penché sur elle. Elle se redressa, désorientée. Il la regardait gentiment mais, soudain, il rit.

— Vous avez un problème avec le rouge à lèvres, dit-il.

Elle se passa la main sur la joue et il rit encore.

— Il vaudrait peut-être mieux utiliser un miroir, suggéra-t-il.

Elle alla à la salle de bains, vit que le rouge avait coulé le long de sa commissure droite. Je bavais, pensa-t-elle, horrifiée. Elle se démaquilla, esquissa un pas pour sortir, changea d'avis, remit du rouge, refit sa coiffure. Quand elle le retrouva, elle vit à son regard qu'il la trouvait belle. Elle le suivit jusqu'à la voiture dans une atmosphère moite, sous une lune drapée de brumes. Quelqu'un l'appela au téléphone, la conversation en japonais dura longtemps ; elle entendait la fatigue dans sa voix, sentait sa réserve, la retenue de son corps. Il raccrocha, elle ne supporta pas le silence et s'agita sur son siège.

— Vous n'avez jamais pensé à rentrer en Belgique ? demanda-t-elle.

Il se tourna vers elle. Dans le clair-obscur de la voiture, son visage était grave, la ride de son front accentuée. La pâleur de son teint faisait masque.

— En Belgique ?

Son téléphone sonna encore, il l'ignora.

— Tout ce que je voulais quand je suis arrivé au Japon, c'était vivre à Kyōto et fréquenter un certain type d'art et de culture. Haru m'en a offert la possibilité. La mort a achevé de m'ancrer ici.

Elle voulut changer de sujet, dire : Vous n'avez pas dormi depuis deux jours, vous devez être épuisé, mais la voiture s'arrêtait déjà dans une rue du centre-ville. Ils descendirent, empruntèrent une volée de marches jusqu'à une porte anonyme et entrèrent dans une grande salle sombre illuminée par endroits de cônes scintillants. Le long du mur de gauche, ancrés dans une ligne de galets gris, fusaient des bambous célestes. À droite, des clients buvaient à un comptoir devant des caves à saké éclairées comme des chapelles. Leur entrée fut saluée par des cris joyeux ; du fond de la salle, une tablée de cinq hommes agitait les bras dans leur direction et Rose reconnut l'un d'eux.

— Le potier pochtron, murmura-t-elle.

— Mais en bande, ce qui est plus redoutable, dit Paul. Hélas, on ne peut plus reculer.

— Qui sont les autres ?

— Un photographe, un producteur de la télévision nationale, un musicien et un collègue français, tous bien avancés à cette heure.

— Un collègue à vous ?

— Plus exactement un antiquaire parisien.

Ils s'approchèrent et Rose se trouva soudain légère. Je veux boire, se dit-elle, pourquoi pas après tout ? Les Japonais la regardaient avec gentillesse, Keisuke Shibata avait aux lèvres un sourire goguenard. Elle croisa son regard. C'est le soir du face à face, pensa-t-elle, étonnée par cette pensée insolite. Le Français, un quinquagénaire hirsute en pull de cachemire et lavallière à pois, se découvrit d'un chapeau invisible.

— Vous êtes française, mademoiselle ? demanda-t-il.

Elle hocha la tête. Il siffla gentiment.

— Pardon de ne pas me lever, dit-il, mais je ne suis plus tout à fait en état. Quant aux Japonais, ce sont des barbares, ils ne se lèvent pas en présence d'une femme.

Il parut réfléchir.

— Quoique je sois le seul gay ici.

Puis, se resservant à boire :

— Ce qui n'a aucun rapport.

Rose et Paul prirent place, les Japonais réclamèrent bruyamment du saké, elle but d'un trait sa première coupe.

— Je m'appelle Édouard, dit l'antiquaire à côté duquel elle s'était assise. Et vous êtes ?

— Rose.

Keisuke prononça le nom de son père en ricanant.

— Oh, vous êtes la fille de Haru ?

— Entre autres, répondit-elle.

— Et sinon ? s'enquit-il.

— Je suis botaniste.

— Et à part ça ?

Et à part ça ? se demanda-t-elle.

— Je suis une emmerdeuse.

Il rit et entama une conversation à bâtons rompus dans laquelle, le saké aidant, elle se jeta de bonne grâce. La soirée continua ainsi, elle buvait, elle discutait avec Édouard, elle riait et, après une heure, elle se savait brillamment saoule. Il lui semblait qu'ils avaient parlé de fleurs, de restaurants, d'amour, de trahison – mais son regard, depuis un moment, revenait à un bambou céleste dont une branche, plus basse que les autres, caressait le sol de bois ; elle paraissait une plume rebelle sur le plumage lisse d'un oiseau vert tendre ; échappée du rang, entravant le passage, elle hurlait quelque chose de tous ses poumons de chlorophylle. En face d'elle, Paul discutait avec ses voisins ; Keisuke, à intervalles réguliers, criait pour avoir du saké.

— De quoi parlent-ils ? demanda-t-elle à Édouard.

— De politique.

Les conversations ralentirent un peu. Pendant un silence, Keisuke fit un signe du menton dans sa direction.

— Il dit que vous avez l'air un peu décongelée, dit Paul.

Le poète la regardait, elle lut dans ses yeux l'ironie et, avec étonnement, une bienveillance infinie.

— Il dit que vous êtes jolie mais que vous ne souriez pas, en plus d'être trop maigre.

Le poivrot ajouta quelques mots qui firent rire les autres.

— Et là ? demanda Rose.

— Quelque chose qui m'est destiné et que je ne traduirai pas, répondit-il.

En japonais cette fois-ci, Paul raconta une histoire où elle entendit distinctement *Ryōan-ji*, et tous éclatèrent de rire. Édouard lui tapa dans le dos.

— J'ai divulgué que vous avez comparé le Ryōan-ji à un bac à litière géant, dit Paul.

Keisuke cria quelque chose en frappant la table, et les convives assentirent en hochant la tête à l'unisson.

— Putains de prêtres zen, traduisit Paul.

Le potier redevint morose.

— Le Ryōan-ji, la fin du monde, traduisit encore Paul.

Puis, comme aucune explication ne venait, tous retournèrent à leurs conversations et Rose reprit son bavardage avec Édouard. À un moment, alors que Paul s'en était allé saluer des connaissances à l'entrée de la salle, elle demanda à son nouvel ami ce qu'il n'avait pas voulu traduire plus tôt.

— Mais bien volontiers, rigola-t-il. Keisuke lui a dit : Tu devrais la baiser gentiment, ça achèverait de la décongeler.

Il regarda Paul.

— Personnellement, je ne dirais pas non, ajouta-t-il.

Et, comme il revenait vers eux :

— Je ne vous ai rien dit.

Le silence se fit de nouveau et Keisuke pointa un doigt vers Rose. Ah, pensa-t-elle, le face à face. Il se mit à parler et Paul, se levant et prenant une chaise à la table voisine, s'assit derrière Rose. Il traduisait simultanément, elle sentait son souffle sur sa nuque.

— Ton père, c'était un esprit de samouraï dans un corps de marchand, un enfoiré d'exploiteur mais il payait bien et, surtout, c'était un ami loyal. Paul, c'est la même race, en moins brutal mais en plus rusé. Comme il est belge, les Japonais ne le voient pas venir. Il a appris de son maître, il a été son disciple, son confident, son médecin, son ami.

Il fit une pause. Rose revenait périodiquement à la branche de bambou, derrière le potier. Sa dissymétrie, son alanguissement indocile la happaient.

— Tu sais ce que c'est qu'un ami ? reprit Keisuke.

— Un homme mort ? suggéra-t-elle.

Il s'esclaffa quand Paul traduisit.

— Ton père disait : celui avec lequel tu acceptes de sombrer. Les gens des montagnes sont très cons mais quand tout s'effondre, le seul que tu veuilles avoir près de toi, c'est un imbécile de cette sorte. Et toi ? Tu es bête et admirable à ce point aussi ?

— Non, dit-elle, je suis française.

Il s'esclaffa de nouveau.

— Tu es bien la fille de ton père, souffla-t-il.

Quelqu'un passa près de la branche de bambou et fit un détour qui captiva Rose. Keisuke posa une question à Paul qui répondit par un mot.

— Tu savais que ton père aimait les fleurs ? demanda l'ivrogne. Mais tu es une idiote de botaniste, tu leur colles des étiquettes, tu t'en fous, au fond.

Elle le regarda dans les yeux et n'y vit que de la tendresse. Pour qui ? se demanda-t-elle. Pour lui ? Pour moi ?

— Ton père, au moins, savait les regarder, reprit Keisuke.

— Toutes les fleurs sauf Rose, dit-elle.

Il suivait une pensée, il ignora sa remarque.

— Tu as une spécialité ?

— La géobotanique.

— Tu suis la piste des fleurs ? demanda-t-il.

— En quelque sorte.

Il rigola.

— Il serait temps de les trouver.

Il reprit du saké.

— *Une rose seule, c'est toutes les roses*, dit-il. Ça, c'est Rilke, c'est autre chose que ta science à la noix. Tu penses que ton père ne regardait pas les roses ? Il a eu une vie de marchand et il n'a jamais rien compris aux femmes, mais c'était un samouraï, il savait que les lignes droites sont fatales.

Rose revint à la branche de bambou. Quelque chose caressait son intuition, se dérobait, frappait de nouveau à la porte de sa conscience.

— Si elles sont fatales aux hommes, alors pourquoi pas aux femmes ? traduisit encore Paul. Si tu ne comprends pas ça, tu peux aussi bien aller directement en enfer.

Le potier renifla bruyamment, s'essuya le nez sur la manche de sa veste.

— Tu es jeune, tu peux faire un pas de côté. Après, il sera trop tard.

Il sembla vouloir dire autre chose puis renoncer. Il regarda Paul.

— Tu le sais bien toi aussi, les cendres, les cendres…

Il eut un geste de lassitude, posa sa tête entre ses mains, murmura quelques mots.

— Qu'a-t-il dit ? demanda Rose.

— Après les cendres, les roses, dit Paul.

Sa voix était voilée. J'arrive après la bataille, pensa-t-elle, ils ont vécu la fin du monde ensemble, je serai toujours exclue de ce lien. Paul reprit sa place de l'autre côté de la table, elle se sentit abandonnée.

— Keisuke me tutoie ? demanda-t-elle à Édouard.

— Le tutoiement et le vouvoiement n'existent pas à proprement parler en japonais mais il vous parle comme à sa fille, avec des pronoms qui équivalent en français au tutoiement.

— Comme à sa fille ? répéta-t-elle. Ça me fait un mort et un ivrogne pour pères putatifs.

— Il a perdu ses trois enfants, fit obligeamment remarquer Édouard, on ne peut pas lui reprocher d'être fou au point de vouloir adopter une emmerdeuse française.

Après un moment, Paul se leva et salua la troupe. Il paraissait exténué, elle le suivit sagement. À l'entrée, elle fit un crochet pour éviter la branche de bambou insurgée et eut la sensation distincte qu'elle empruntait un chemin de traverse depuis longtemps connu, depuis longtemps oublié ; elle s'arrêta un instant, saisie par ce détour en un lieu sans matière ni substance. Au-dehors, elle inspira profondément. L'air sentait l'été, Kanto les attendait, debout dans l'obscurité, silencieux, irréel. Au moment d'entrer dans la voiture, elle se retourna brusquement et fut presque contre Paul. Il eut un mouvement de surprise, recula légèrement. Elle se sentait ivre mais étrangement vigile.

— Vous ne voulez pas… murmura-t-elle.

Elle posa la main sur son avant-bras. Il la prit par les épaules, l'enroula doucement dans la voiture, comme une enfant. Elle désirait intensément qu'il veuille – mais qu'il veuille quoi ? Elle s'égarait dans ses pensées.

— Vous avez bu pour un régiment, dit-il, et je ne suis pas très sobre non plus.

Il se pencha vers elle.

— Demain matin, je viendrai vous chercher pour aller dans une autre partie de la ville. Ensuite, nous irons chez le notaire.

— Que va-t-il s'y passer ? demanda-t-elle.

— Il vous dira ce que Haru vous laisse.

Elle voulut répondre : Que m'importe ce qu'il me laisse ? Mais elle vit derrière Paul, dans l'échappée par laquelle la rue donnait sur la rivière, que de grands bandeaux de brume se levaient sous la lune. Elle pensa au bambou renégat, à son insistance de brisure, à sa vitalité de fuyard – quelque part dans son crâne, la voix de Keisuke murmura *un pas de côté* et elle s'entendit répondre :

— Je le recueillerai.

Avant qu'il ne referme la porte, elle vit la déflagration d'émotion sur son visage – le vrai Paul, pensa-t-elle – puis la voiture glissa dans la nuit. Elle rentra chez Haru comme on rentre chez soi. De sa chambre, elle fit allégeance aux brumes qui montaient vers les montagnes, vers le ciel de mousson, vers la lune rousse. Elle s'endormit d'un sommeil lourd, s'éveilla brièvement, chercha l'astre par la fenêtre, le trouva, fauve et immense, strié de branches obscures.

10

À la toute fin de la dynastie Ming, le futur peintre Shitao, alors âgé de trois ans, perdit toute sa famille, assassinée par une faction rivale à la cour de l'empereur Chongzhen. Un serviteur le sauva du massacre et le conduisit auprès des moines bouddhistes du mont Xiang. Là, il apprit la calligraphie. Plus tard, il partit dans le monde accomplir son destin d'artiste.

Shitao, dont le nom signifiait *flot de pierres*, savait figurer des roches qu'on eût juré vivantes, mais sa véritable passion allait aux mousses. Cependant, il ne les couchait jamais sur le rouleau. Un jour, comme son ami le peintre Zhū Dā s'en intriguait, il lui dit : La mousse caresse la pierre comme une amante, bientôt, peut-être, je parviendrai à la peindre – alors, loin des batailles, je ferai de mon art un récit sur l'amour.

La mousse caresse la pierre

Au petit matin, il pleuvait à torrents. Le monde s'évanouissait, la rivière vibrait. Rose s'agenouilla sur les tatamis, vit qu'on y avait déposé un plateau avec un verre d'eau et un cachet blanc. Elle se représenta que Paul avait appelé Sayoko, qu'ils avaient parlé d'elle, qu'il avait donné des instructions. Une vague de désir sans contours la traversa. Elle prit le cachet, s'allongea. *Il savait exactement qui il était.* Elle tenta de se remémorer la conversation, son cadre, sa texture. Comment sait-on qui on est ? se demanda-t-elle. L'or des murs lui revint en mémoire – les pierres, leur présence soudaine, leur offrande muette. Comment s'appelle ce jardin ? Le Ryōan-ji, se dit-elle avec un sentiment de victoire. Puis, dans une sensation d'amertume : Je n'existe pas, je ne peux pas savoir qui je suis.

Elle se doucha, s'habilla ; chaque mouvement lui était pénible ; elle s'allongea de nouveau, attendit que la migraine passe, nota que le camélia avait disparu. Après un moment, elle alla à la grande pièce et trouva Sayoko dans le kimono brun du premier jour, avec son obi à pivoines. Assise à une table basse, elle écrivait dans un livre de comptes. Elle se leva, disparut dans les cuisines, en revint avec le plateau du matin. Tandis que Rose bataillait avec un poisson entier, la Japonaise continua ses additions. Le son de la pluie sur la mousse de l'érable avait une matité inaccoutumée. Rose termina son petit-déjeuner, songea à partir, se ravisa.

— No flowers in my room today ? demanda-t-elle.

Sayoko sourit.

— Paul san want you choose.

Surprise, Rose resta silencieuse. Sayoko la considéra un instant, sérieuse et concentrée.

— Paul san secret man, dit-elle finalement.

Et comme Rose la regardait, plus surprise encore :

— Very brave. He know flowers.

Quel rapport ? pensa Rose. Et moi ? Je suis courageuse ?

— Rose san want which flower ? demanda Sayoko.

Elle se sentit un peu perdue.

— In France, I like lilac, dit-elle.

— We have lilac in Japan, dit Sayoko. *Rairakku*. Good season now.

On entendit coulisser la porte de l'entrée et Paul entra dans la pièce ; Rose prit en plein cœur son visage souriant, son regard pensif ; il est beau, pensa-t-elle. Il adressa quelques mots à Sayoko qui partit à petits pas pressés.

— Vous avez pu vous reposer ? demanda-t-il.

— Oui mais j'ai mal à la tête, répondit-elle. Et vous ?

— J'ai dormi comme une souche, je suis un autre homme.

Sayoko revint en apportant des cafés, il but le sien lentement tandis qu'elle lui parlait avec volubilité, Rose attendait, les regardait, sentait une vie furtive se déployer puis s'évanouir en elle. Enfin, ils la dévisagèrent et Sayoko fit un petit signe de la tête.

— Vous êtes prête ? demanda Paul. Aujourd'hui, il y a un horaire à respecter.

Dans la voiture, sa proximité la troubla. Il paraissait encore fatigué, un peu absent.

— Où allons-nous ? demanda-t-elle.

— De l'autre côté de la ville, à Arashiyama.

— Ça veut dire quelque chose ?

— La montagne de la tempête.

— C'est quel temple ?

— Le Saihō-ji.

Ils roulèrent longtemps vers l'ouest, en silence, sans se regarder. La ville changeait, devenait triste, impersonnelle, dénuée du charme du centre ; ils filaient le long de rues saturées d'immeubles anonymes, de laideur au néon ; la pensée qu'elle ne connaissait du Japon que six temples et un cimetière la troubla. Enfin, ils empruntèrent une rue étroite, le long de grands bambous, dans une zone presque campagnarde. Devant un porche attendaient déjà d'autres visiteurs. Il pleuvait. Après quelques minutes, un moine en robe noire au col doublé de blanc vint leur ouvrir, Paul et les autres visiteurs lui tendirent un papier, tous le suivirent jusqu'aux usuels bâtiments de bois. On les mena dans une grande salle avec des lutrins bas où étaient posés des feuilles, de l'encre et des pinceaux. Paul fit signe à Rose de rester au fond et de prendre place à un pupitre. Elle imita sa voisine japonaise, s'assit sur les talons, les orteils légèrement en dedans, Paul replia ses jambes sur le côté en grimaçant furtivement. Elle observa la feuille devant elle, y vit des idéogrammes et voulut solliciter une explication mais, à cet instant, un cortège de moines entra et se dirigea vers le centre de la salle. Dans un anglais laborieux, un supérieur à l'air revêche leur intima de repasser à l'encre les caractères du sūtra posé devant eux. Un jeune moine s'installa en tailleur devant un petit banc surmonté d'un bol noir et brillant, un autre devant un poisson de bois sculpté sur un grand coussin brodé. Tous deux avaient en main un bâton fin. Rose bailla.

Les trois sons cristallins, le *poc* sourd, la saisirent au ventre. Se redressant, elle vit que le premier moine éloignait son bâton du bol brillant cependant que le second frappait maintenant le bois du poisson d'un rythme rapide et régulier. Le chant commença, une odeur d'encens montait, les voix étaient monocordes, saccadées. Par intermittence, le cristal du bol scandait la récitation. La Japonaise, à côté d'elle, recopiait son sūtra mais Rose se sentait happée par un flux profond, s'enivrait d'une odeur de terre mouillée mêlée de poussière et de fleurs. Enfin, les moines se turent. Après un moment où le grand revêche dit quelque chose qu'elle ne comprit pas, on leur distribua une petite plaquette de bois. La Japonaise lui montra son pinceau en lui disant : Write wish.

— C'était quoi ? demanda Rose à Paul.

— Hannya shingyō, le sūtra du cœur, répondit-il.

— Ça parle d'amour ?

— Ça parle de vacuité.

— Le sūtra du cœur parle de vacuité ?

— Le sūtra du cœur de la sagesse, oui.

Elle rit.

— Pour une fois, je me sens à ma place, dit-elle.

Il sourit, se leva en réprimant une grimace. Ils suivirent le flot au-dehors jusqu'à une porte d'enceinte au-delà de laquelle on leur raconta encore quelque chose que Rose n'écouta pas. Enfin ils furent libres. Il bruinait légèrement. Le chant résonnait encore en elle – ses scansions de cristal, sa surdité mate. Ils empruntèrent une allée pavée qui serpentait sous une nuée d'érables. C'est un sous-bois, pensa-t-elle avec étonnement. La pluie filtrait par gouttes éparses de la frondaison des arbres ; partout, victorieuse en son fief total, courait une mousse extraordinaire ; épaisse, mouvante, posée sur les racines et les pierres, elle étincelait de reflets.

— L'autre nom du Saihō-ji est le Kokedera, le temple des mousses, dit Paul.

La mousse est enchantée, pensa-t-elle – la terre, plutôt, la terre sous la mousse.

— Haru pensait que la terre du Kokedera était magique.

— Et vous ? demanda-t-elle en ayant envie de dire : Et toi ?

Il resta silencieux. Puis, alors qu'ils arrivaient à un étang perdu sous les frondaisons :

— Pour moi, c'est un lieu de souvenir.

Rose regarda l'étang. Un pont couvert de mousse enjambait un bras étroit, une légère vapeur brossait la surface des eaux, la forme des berges lui parlait comme une écriture.

— L'humidité de la mare maintient les mousses en vie, dit Paul.

— Elle a une drôle de forme, dit Rose.

— On dit qu'elle figure l'idéogramme du cœur.

Il leva la tête, regarda les arbres.

— C'est la dernière promenade insouciante.

Un vent de tristesse balaya Rose. Je ne pleure personne, pensa-t-elle. Le cristal mat du sūtra continuait de la bercer comme une mélodie fredonnée dans le lointain. La mousse brillait de perles de pluie – rosée de mousson, se dit-elle. Ils continuèrent. De la terre, quelque chose montait, elle sentait son frôlement, sa magie secrète.

— Anna avait un an, je la portais sur mon dos, dit Paul. Elle dit qu'elle s'en souvient mais je ne vois pas comment.

Les démons joyeux, pensa Rose. Ils avancèrent en silence. Alors qu'ils approchaient du terme du jardin, elle regarda les arbres enracinés dans le vaste velours ; regarda les gouttes de pluie, l'aménité de l'eau sur le végétal et du végétal sur la terre ; c'est une caresse, se dit-elle. La fraternité de la rosée et de la mousse, la fusion du cristal, de la terre et du bois fit soudain jaillir l'évidence qu'elle n'avait pas cessé de pleurer Paule, qu'elle pleurait depuis des années, depuis des siècles de silence. Elle porta la main à son cœur puis tout passa dans une fragrance de cimetière, dans un psaume de pluie noire.

Ils repartirent et, après quelques kilomètres dans la campagne, longèrent une rivière vers le nord et parvinrent à un grand pont de fer et de bois dans une zone animée avec, le long des berges, des restaurants et des échoppes colorées. Ils descendirent de voiture un peu plus haut, passèrent sous un rideau gris à pans courts, furent dans une salle à tatamis ouverte sur un jardin d'azalées. Paul commanda, on apporta du thé et des bières glacées, une boîte laquée pour chacun et un petit récipient en bois dont dépassait une tige recourbée. Rose ouvrit sa boîte et découvrit sur un lit de riz des tranches de poisson enduites d'un nappage fauve.

— Anguille, dit-il.

Il prit le petit récipient de bois, y préleva une poudre verte, en saupoudra son poisson.

— Sanshō.

Elle goûta l'anguille. La chair s'en détachait par lamelles au-dessus d'une peau grise et grasse. La saveur sucrée du nappage la surprit, le fondant du poisson, sa texture soyeuse, sans résistance, sans viscosité, son harmonie avec le riz vinaigré ; elle but sa bière en regardant Paul ; elle était soulagée qu'il reste silencieux. Il acheva son déjeuner, s'appuya contre la cloison, les jambes allongées. Avec une intensité douloureuse, elle désira qu'il la désire, qu'il veuille partager avec elle ce qu'il était. *Paul est un être secret, complexe.* Qui m'a dit ça ? pensa-t-elle. C'est Beth Scott.

— Sayoko n'aime pas Beth Scott, dit-elle.

Il leva un sourcil amusé.

— Beth n'est pas très populaire à Kyōto, elle a la réputation d'être impitoyable en affaires et de ne pas respecter les règles. Elle ne fait pas beaucoup de cas des autres quand son intérêt est en jeu.

— Quel genre d'affaires ?

— Elle a hérité du patrimoine immobilier de son mari et en a fait un empire.

— Son mari était japonais ?

Il hocha la tête.

— Elle est très forte, dit-il. En dépit de ce qu'on pense d'elle et alors que c'est une femme étrangère, elle a réussi à s'imposer ici. C'est un exploit.

— Vous vous entendez bien avec elle ?

— Très bien.

— Et mon père ?

Elle vit son tressaillement parce qu'elle avait dit *mon père*.

— Haru l'aimait beaucoup.

— Pourquoi ?

— Il aimait les gens blessés.

— Elle a perdu un enfant, n'est-ce pas ?

— Vous déduisez à partir de peu d'indices, dit-il.

Perplexe, elle fit non de la tête.

— Ce n'est pas la première fois que je le remarque.

Il eut au regard une douceur étrange, elle se représenta qu'il pensait à quelqu'un d'autre, qu'il aimait depuis peu une femme inconnue, s'effraya qu'il disparaisse bientôt de ses jours, de sa vue, de sa vie.

— Il est l'heure d'aller chez le notaire, dit-il en se levant.

Alors qu'il payait au comptoir de l'entrée, elle vit que sa hanche lui faisait mal. Il fit un pas vers la sortie, se retourna tandis qu'elle restait en arrière.

— Ce n'était pas un accident de montagne, dit-elle.

Une ombre de lassitude passa sur son visage.

— Non, dit-il.

Elle le suivit au-dehors. La pluie avait repris. Kanto annonça quelque chose qui fit prendre à Paul son téléphone et converser en japonais. Elle regardait les rues inondées, les passants, les parapluies transparents. La tendresse de la mousse la suivait, entrait en conflit avec les abysses de sa tristesse. Je suis la fille de Haru, pensa-t-elle, je ne suis que la fille que Haru lui a demandé de balader dans Kyōto. Il me connaît depuis vingt ans, il sait qui je suis, ma vacuité, ma colère. La soudaine conscience qu'il l'avait vue sur des photographies avec ses amants lui fut un calvaire. *Pendant ce temps, il aimait, il souffrait parce qu'il aimait.* La voiture s'arrêta dans une rue du centre, sous une pluie diluvienne. Kanto vint lui ouvrir la portière, la protégea d'un parapluie jusqu'à l'entrée d'un bâtiment gris et sinistre. Paul la rejoignit, poussa une porte, la précéda dans un dédale de couloirs, poussa une autre porte. Une employée derrière un comptoir se leva, s'inclina devant eux et les conduisit dans un bureau où les attendaient un homme âgé et une jeune femme qui s'inclina à son tour.

— Je suis votre interprète, lui dit-elle.

— Paul ne peut pas traduire ? demanda Rose.

— C'est la loi, dit la jeune femme, je suis désolée.

Elle était très belle, avec des yeux gris clair et un profil de camée.

— C'est très bien comme ça, dit Rose, navrée de sa propre rudesse.

Paul échangea quelques mots amicaux avec le notaire. Il ressemblait à une vieille grenouille, la bouche large, le front étroit, le regard vif, inquisiteur ; aux lèvres, un sourire débonnaire ; curieux batracien des bureaux, pensa-t-elle. Tout lui paraissait irréel. Je suis chargé de vous faire connaître les dernières volontés de votre père, traduisit la jeune femme, et Rose sombra. Elle ne parvint plus à se concentrer, déroba au hasard des bribes de paroles qu'elle ne comprenait pas, se débattit à perdre haleine dans une eau noire et glacée. À un moment, elle croisa le regard inquiet de Paul. Il se leva et vint lui poser la main sur l'épaule ; la pression douce la ramena à la surface. Le notaire lui tendit un dossier, elle ne sut que faire, Paul le prit pour elle et resta debout à ses côtés. Après un moment, l'interprète demanda : Avez-vous bien compris, avez-vous des questions ? Elle fit non de la tête. La jeune femme reprit : À présent, il y a des documents à signer. Rose regarda Paul et murmura : Je veux partir. Il dit quelques mots au notaire, la prit par le bras, la conduisit au travers des couloirs. Sous le porche, dans le bruit assourdissant du déluge, elle respira convulsivement. Nous rentrons, dit Paul. Dans la voiture, elle se mit à pleurer à gros sanglots. Il lui passa un bras autour des épaules, dit quelque chose à Kanto qui téléphona brièvement, posa ses lèvres sur sa tempe, lui caressa les cheveux. Tout lâcha, elle sanglota plus fort encore, comme une enfant. Devant la maison, la douleur de sentir Paul s'éloigner d'elle lui fut insupportable. Sayoko les attendait sur le plancher surélevé, une étoffe à la main. Elle en enveloppa Rose et, la tenant contre elle, la mena à la pièce de l'érable. Sur une table basse fumaient des tasses de thé ; on avait mis à brûler un encens léger ; Rose s'effondra sur le sol. Paul parlait à voix basse, Sayoko hochait la tête. Il s'assit à côté d'elle.

— Reposez-vous, je reviendrai plus tard, dit-il.

Au travers de ses larmes, elle fit non de la tête mais il s'éloigna et, après un dernier échange avec Sayoko, s'en alla. La Japonaise s'agenouilla, lui essuya les joues d'un mouchoir. Brusquement, Rose se leva, courut au vestibule et sortit dans le jardin pieds nus. De l'autre côté du portillon, devant la voiture, Paul refermait son parapluie.

— Ne partez pas, cria-t-elle.

Il lâcha son parapluie, revint sur ses pas et, tandis qu'elle restait immobile sous les trombes d'eau, la serra contre lui. Sayoko sortit, ils la conduisirent de nouveau à l'intérieur. Paul se pencha vers elle, lui écarta doucement les cheveux.

— Je reviens bientôt, dit-il.

— S'il te plaît, murmura-t-elle, et elle lui prit la main.

Il retira sa main, elle baissa la tête, ne voulut pas le regarder s'en aller. Les paroles du notaire lui revenaient par salves. Elle héritait de tous les biens de son père, il avait laissé pour elle une lettre, Paul y avait joint celle qu'il avait lue aux funérailles. Elle s'allongea. Une heure passa. Sayoko vint lui dire qu'elle sortait, que Paul serait là pour le dîner, qu'elle devait dormir. Rose resta muette. Bientôt, son téléphone sonna, elle vit *Paul* s'inscrire sur l'écran. Elle l'entendit dire : Rose, ne vous inquiétez pas, je serai là ce soir. Reviens maintenant, murmura-t-elle. Il raccrocha. Elle supplia l'érable, invoqua les mousses du temple, leur appel, leur effleurement. Elle entendit un bruit, alla au vestibule, fit coulisser la porte d'entrée et se trouva face à Paul.

Elle rit. Il fit un pas en avant et l'embrassa.

11

Il se murmure que Sesshū, le maître du lavis à l'encre de Chine, fut, sous le shogunat des Ashikaga, le véritable inventeur de la peinture abstraite. Il avait une grande maîtrise du trait et de la composition mais n'aimait rien tant qu'éclabousser au hasard le rouleau encore vierge de gouttes d'encre éparses. Un jour, un riche client, étonné de cette fantaisie, lui demanda ce qu'il en escomptait. Une branche de cerisier, répondit le peintre, et devant le patricien ébahi, il tourna les lucioles noires en une ramure assassinée de pétales. La peinture n'est donc qu'une improvisation ? demanda l'autre. Le monde est comme un cerisier qu'on n'a pas regardé pendant trois jours, répondit Sesshū.

Le monde est comme un cerisier

Il la tint contre lui jusqu'à la chambre, la regarda dans les yeux tandis qu'ils se déshabillaient ; elle eut l'impression de voir un corps d'homme pour la première fois. Lorsqu'il la pénétra, elle le serra contre elle avec une avidité désespérée ; il passa ses bras sous ses reins, la serra en retour, enfouit son visage dans son cou. Le plaisir était masqué d'une sensation plus puissante, inconnue – c'est *l'intimité*, se dit-elle soudain, et l'ivresse de cette découverte se mêla à sa jouissance. Plus tard, il la regarda de nouveau dans les yeux et elle sentit des larmes couler sur ses joues. Il jouit dans un cri de soulagement, de chagrin déchirant, de reconnaissance. L'intensité de leur intimité la bouleversait ; les autres hommes ne s'incarnaient jamais ; elle s'enivrait que ce corps fût celui de Paul. Il s'allongea sur le dos en l'enveloppant de ses bras mais, après un moment, il l'écarta doucement de lui et la contempla. Ils s'endormirent dans le bruit de la pluie. Bientôt, Rose s'éveilla en sursaut. Elle était seule. Elle se redressa, entendit l'eau couler, retomba sur les draps. Paul sortit de la salle de bains, habillé, les cheveux mouillés. Il s'accroupit à côté d'elle.

— Sayoko va revenir, dit-il, je t'emmène dîner.

Elle scruta ses yeux, il la releva contre lui et l'embrassa. Elle se doucha et s'habilla, mit du rouge à lèvres, alla à la pièce de l'érable.

— Sayoko arrive, dit-il.

Dans le vestibule, elle s'arrêta devant un grand vase de terre noire où explosaient des branches de lilas blanc et mousseux.

— Rose, appela-t-il.

Ils fuirent au travers du jardin détrempé. Dans la voiture, il posa sa main sur la sienne, donna une brève instruction à Kanto, passa un coup de fil. La fin du jour s'enfonçait dans une clarté crépusculaire ; du ciel obscur sourdait une lueur violente, fuselée, qui détourait les nuages ; les rues filaient comme des comètes. De nouveau, le centre, un passage sombre, un ascenseur jusqu'au dernier étage. Ils ne parlaient pas, se regardaient. En haut, ils débouchèrent dans une salle avec un côté entièrement vitré, sans châssis visible, à fleur de cloisons. Les montagnes de l'Est y dormaient comme des géantes muettes, la lumière descendait de puits invisibles. À droite, dans une alcôve, un vase d'argile claire s'engloutissait de branches inconnues. On les installa à une table près de la baie, le saké arriva tout de suite. Paul les servit et se recula au dossier de sa chaise. Entre deux souffles, Rose attendait.

— Je suis désolé d'avoir fui, commença-t-il.

Elle tenta de parler mais il l'arrêta d'un geste de la main.

— Je veux te dire ce qu'a été pour moi cette semaine.

Il souriait, elle lui sourit en retour.

— Je te connais depuis vingt ans mais à ton arrivée ici, en dépit de tout ce que je savais de toi, j'ai été stupéfait. Sur les photographies, on ne perçoit que l'indifférence, la tristesse. Je m'étais préparé à faire face à la fille de Haru et j'avais devant moi une femme inconnue.

Il but une gorgée de saké.

— Je ne m'attendais à rien de ce que tu es.

— Et je suis quoi ? demanda-t-elle en pensant : Je pose cette question chaque jour.

— Je me le demande, dit-il.

Puis, pensivement :

— Une fleur puissante, en tout cas.

Après un instant, il ajouta :

— Bien que je doive à la vérité de rappeler que tu pleures toutes les cinq minutes.

On apporta des sashimis, il remercia, dit quelques mots. La serveuse s'inclina respectueusement, Rose comprit qu'il avait demandé qu'on ne les dérange pas.

— Quand je t'ai vue t'agenouiller et toucher la terre du cimetière, je t'ai aimée avec une force insensée. Alors j'ai fui à Tōkyō. Lorsque Sayoko m'a transmis ton message, j'ai pris le premier train mais je ne savais pas ce que je devais faire. J'étais pétrifié.

Par la vitre immense, Rose percevait le rayonnement des montagnes, leur bienveillance d'héroïnes immobiles. Elle eut l'impression de s'ancrer dans une matière inconnue, eut peur d'être de nouveau balayée par l'orage.

— Comment Sayoko a-t-elle pu te transmettre ma lettre si tu étais à Tōkyō ?

— Elle l'a photographiée avec son téléphone.

— Elle l'a lue ?

— Elle ne parle pas le français.

— Ce n'est pas nécessaire pour comprendre.

Il la regarda, amusé.

— Est-ce que l'apaisement est possible pour des gens comme nous ? demanda-t-elle. Et comme il restait silencieux, elle ajouta : Pour des gens aussi éprouvés que nous ?

Il ne répondit pas.

— Jusqu'à présent, j'ai échoué, dit-elle.

— Nous avons vécu ces quelques jours dans un no man's land, la vraie vie commence maintenant. Qui peut dire la suite ? Mais je suis prêt à essayer.

Il lui effleura la main.

— Je suis avide d'essayer, dit-il.

Elle se pencha vers lui, une larme coula sur sa joue.

— Je ne peux pas imaginer repartir, murmura-t-elle.

Elle vit passer dans son regard la même douceur étrange qui lui avait fait croire plus tôt en l'existence d'une autre femme.

— Il n'y a qu'Anna, parfois, pour me faire oublier le goût du malheur, dit-il. Ce soir, il est absent. Je croyais qu'il fallait survivre mais il faut peut-être mourir puis renaître.

Elle pensa à Keisuke Shibata, à ce qui restait de lui, de son âme décharnée. Elle avala un sashimi de thon, s'apaisa de la chair grasse et fondante.

— Je ne peux pas rentrer avec toi chez Haru, dit Paul. Sayoko doit y passer la nuit et Anna m'attend. Demain matin, je l'emmène à une représentation de théâtre. Je viendrai te chercher après.

Elle posa ses baguettes, déçue, désorientée.

— Tu as deux lettres à lire, ajouta-t-il.

Une femme s'approcha d'eux et Rose reconnut Beth Scott.

— Beth, dit Paul en se levant et en l'embrassant. Qu'est-ce qui vous amène ici ?

— Dîner d'affaires, dit-elle en désignant un groupe de Japonais à une table près de l'entrée.

Et à Rose :

— Vous prendriez le thé avec moi demain matin ?

Rose, prise de court, acquiesça. L'Anglaise s'adressa en japonais à Paul, il hocha la tête. Elle fit mine de partir mais elle se retourna et ajouta quelques mots. Il eut un regard interdit, répondit brièvement. Rose la suivit des yeux tandis qu'elle rejoignait sa tablée, faisait rire les hommes en costume, appelait la serveuse qui accourait et s'inclinait très bas.

— Qu'a-t-elle dit ? demanda-t-elle.

— Le lieu où vous vous retrouvez demain.

— Et après ?

Il hésita.

— *Yononaka wa mikka minu ma no sakura kana.* Le monde est comme un cerisier qu'on n'a pas regardé pendant trois jours. Un vieux proverbe.

Elle médita un instant.

— Qu'as-tu répondu ?

Il resta silencieux.

— Après les cendres, les roses, dit-il finalement.

Il se leva, elle le suivit jusqu'à l'entrée. Il fit un signe de la main à Beth. Dans l'ascenseur, il l'attira à lui et l'embrassa. Au-dehors, ils furent cueillis par la pluie et le vent, il monta un instant dans la voiture, laissa la portière ouverte.

— Qui a traduit les lettres ? demanda-t-elle. Toi ? Je vais y survivre ? Ou bien Sayoko va devoir m'enrouler dans un châle géant ?

Il sourit.

— J'ai traduit les lettres, dit-il.

Il se pencha vers elle, lui effleura les lèvres et partit.

À la maison, elle monta dans sa chambre, se déshabilla, se coucha dans le noir, resta éveillée longtemps jusqu'à ce qu'une éclaircie nocturne dévoile une lune argentée. Elle s'endormit dans une sensation de grâce. Au matin, elle s'éveilla en sursaut, s'habilla rapidement, alla à la pièce de l'érable et trouva Sayoko à sa table basse.

— You meet Scott san at eleven, lui dit-elle. Kanto san coming at ten forty five.

Le téléphone de Rose sonna. La voix de Paul dit : Rose. Elle rit, répondit : Paul. Il rit à son tour. Je te retrouve cet après-midi, dit-il. Elle raccrocha. Elle retourna à sa chambre, prit les lettres de son père dans le dossier du notaire, revint dans la grande pièce, les posa sur le plancher devant la cage vitrée. Sayoko la regarda par-dessus ses lunettes, Rose demanda un café et s'allongea sur le sofa bas. Un quart d'heure avant onze heures, elle sortit. Un pâle soleil perçait une pâle brume, le matin agonisait dans une indifférence grise. Après un bref trajet, elle descendit devant un bâtiment contemporain de bois clair avec, le long de grandes baies vitrées, des panneaux coulissants du même bois, ajourés comme des dentelles modernes. Autour courait un canal de pierre noire. À l'intérieur, un plafond en demi-voûte s'arquait de lattes de bois courbe. Tout était de transparence et d'épure, les eaux immobiles reflétaient les fastes du ciel. De l'autre côté, sur une pelouse verte, un jardin avec un érable, un cerisier, des bambous nains, un portique orange – je pourrais vivre là, pensa-t-elle. Elle aperçut Beth au fond de la salle. Le décor était sobre, noir et beige. À l'avant, il y avait des bibliothèques basses et des livres d'art exposés sur des lutrins. Elle y déroba des images de galeries de bois, de plantations de thé, de kimonos. Beth leva les yeux.

— Vous avez une mine sensationnelle, dit-elle.

Rose s'assit en face d'elle. Le téléphone de l'Anglaise sonna. Elle écouta, dit trois mots en japonais, raccrocha en disant : Sayoko veille sur vous.

— Quel était son lien avec mon père ? demanda Rose.

— Son lien ? Elle a été son intendante pendant plus de quarante ans. Il lui aurait confié sa vie, en plus de ses comptes et de sa lessive.

— Elle a un mari ? Des enfants ?

— Et des petits-enfants, comme la majorité de ses semblables accablées de devoirs, de sacrifices, de tâches, de silence. Pour Sayoko, la mort de Haru est une tragédie mais vous n'entendrez jamais d'elle une seule plainte.

— Elle ne vous aime pas beaucoup, dit Rose.

— C'est un euphémisme, dit Beth, mais en un sens, je la comprends. Les Japonaises sont une lumière en prison, je promène mon spleen de femme libre dans leurs temples et dans leurs jardins.

On posa devant Rose un bol de macha au centre d'un plateau de laque noire. Sur la céramique blanche, une branche de cerisier en fleurs mourait à quelques millimètres du bord supérieur.

— C'est inhabituel en cette saison, dit Beth.

Le sien était brun, plissé, sans ornement.

— Alors, dit-elle, Paul et vous.

Rose resta silencieuse.

— La vie est étonnante, dit encore Beth. Je vous avais mal jugée, vous n'êtes pas incapable de changer.

— Je peux vous étonner encore, dit Rose, il n'est pas dit que je ne me jette pas dans la rivière demain.

Beth eut un rire bref.

— Il y a peu d'hommes pour lesquels j'ai plus d'estime que pour Paul, dit-elle. Le méritez-vous ? Clara était charmante, elle l'enchantait, lui offrait une vie légère, lumineuse. Vous êtes rugueuse, austère, totale, vous ne le charmez pas, vous le bouleversez. Il pensait sans doute qu'un jour, il serait apaisé par une autre Clara, par cette sorte de bonheur, et voilà que vous débarquez avec votre mélancolie, votre rage, votre sale caractère.

Elle but une gorgée de thé et ajouta :

— Ça ne va pas être facile.

Rose effleura son bol.

— Vous avez perdu un fils, n'est-ce pas ? demanda-t-elle.

Elle sut que Beth avait le souffle coupé, la vit ciller, admira la maîtrise qu'elle avait d'elle-même.

— Vous avez de l'intuition, dit finalement l'Anglaise.

— Vous êtes dure et froide mais vous regardez Paul comme un fils, dit Rose.

Beth sourit sans joie.

— Vous êtes dure aussi, dit-elle, mais vous me faites du bien parce que je vois que vous trouvez ici le même apaisement que moi.

Rose resta interdite.

— Ailleurs, la beauté m'agresse. Il n'y a qu'ici que la perte devient moins cruelle. Pourquoi ? Je ne suis pas sûre de vouloir le comprendre, j'aurais peur que le répit s'envole dans la lumière. Mais je vais dans ces jardins tranchants comme la pierre, tendres comme la mousse, et je deviens une autre femme qui, pendant un instant, accepte ce qui s'est passé. On ne survit pas à la mort d'un fils, on se transforme en une autre qui, de temps en temps, peut de nouveau respirer.

Elle regarda Rose avec une tristesse mêlée de fatigue.

— J'ai de la sympathie pour vous depuis notre première rencontre, dit-elle, et croyez-moi, ça ne m'arrive pas souvent. Vous êtes sur le point de tout tenter ou de tout perdre, ne gâchez pas votre chance.

— C'est une intéressante question, dit Rose, peut-on perdre ce qu'on n'a pas reçu ?

Alors qu'elle disait *reçu*, elle pensa à Paul avec un désir si intense qu'elle baissa la tête.

— Le plus dur, c'est de ne plus pouvoir donner, répondit Beth. J'ai été un jour une femme qui aimait, qui se serait jetée dans les flammes pour l'autre. Cela, je l'ai perdu par ma faute et, de ce jour, j'ai été plus morte que vivante.

Elle rit avec une ironie lasse, se passa élégamment la main sur le front. Elle désigna le bol de Rose.

— La fleur de cerisier est une fleur puissante. Sa joliesse est un masque. Par sa fougue, par son exubérance, elle est l'impitoyable appétit, la pulsion de vivre, le désir d'essayer ou de mourir.

— Mais à la fin, elle meurt, dit Rose.

— À la fin, on meurt, oui, dit Beth, alors autant laisser la vie improviser sa partition.

Elle serra la main de Rose avec affection.

— Sinon, dit-elle, c'est l'enfer avant l'enfer.

Elle retira sa main, se leva.

— Il s'appelait William. Il s'est suicidé à vingt ans. C'était il y a trente ans, c'était hier.

Rose la regarda s'éloigner, droite et racée dans son insondable souffrance. Elle quitta à son tour la maison de thé, demanda à Kanto de rentrer.

Dans la pièce déserte de l'érable, elle alla aux lettres posées sur le plancher, revit la branche de cerisier mourant aux portes de ses lèvres, imagina les fleurs, leur exubérance de pétales – leur appétit, leur voracité, leur désir fou d'essayer et de vivre. Elle décacheta une enveloppe, lut les premiers mots et reposa la feuille sur la table. Rose, écrivait son père, le monde est comme un cerisier qu'on n'a pas regardé pendant trois jours.

12

Dans ces temps chaotiques du Moyen Âge japonais que les chroniqueurs d'alors appelèrent *un monde à l'envers*, un samouraï esthète, également habile à l'art du sabre et à celui de la calligraphie, revenait périodiquement à sa maison de Kagoshima sur l'île de Kyūshū. Là se trouvaient sa femme et son fils et, dans le jardin intérieur bordé de galeries de bois, un érable magnifique. Quand l'enfant fut assez grand pour exprimer le désir de parcourir l'archipel, son père lui montra l'arbre aux feuilles flamboyantes d'automne et lui dit : Toutes les mutations sont en lui, il est plus libre que moi ; sois l'érable et voyage de tes métamorphoses.

Sois l'érable

Elle prit l'autre lettre, la décacheta. Paul avait écrit à la main une brève introduction : *Je ne traduis pas les formules d'adresse inaugurales avec les noms, les titres et les politesses d'usage, je commence au propos lui-même.* Elle fut émue par son écriture ample, régulière. En dessous, le texte avait été tapé puis imprimé sur un papier fin. À la fin, Haru avait signé de son sceau. Il écrivait : *Devant les portes de la mort, je me vois dans le désir impérieux de vous dire ce que je vous ai tu pendant presque toute ma vie d'homme. Il y a quarante ans, j'ai aimé une femme française. De cet amour éphémère est née une fille qui viendra bientôt à Kyōto recueillir mon testament. Elle ne m'a pas connu mais elle vous connaîtra. Faites-lui bon accueil, je vous le demande humblement comme je suis votre servant et, à jamais, votre obligé.* La main de Rose tremblait. Elle revit le cimetière, ses tiges de bois frissonnantes, ses pierres à lichen, ses escaliers à esprits ; se figura Paul devant la tombe de Haru, à quelques pas de la tombe de sa femme, à quelques pas de celle de Nobu ; l'imagina, auparavant, lisant la lettre à une assemblée muette. Elle posa la feuille sur la table, reprit la première lettre.

Rose, le monde est comme un cerisier qu'on n'a pas regardé pendant trois jours. Tu étais hier une enfant joyeuse, une adolescente meurtrie, une jeune femme en colère, mais le monde tourne si vite que je m'adresse à une femme du passé alors que c'est à celle que tu deviens que je voudrais écrire. À l'heure de mourir, il est étonnamment facile de faire l'inventaire de sa vie, tout a été trié, il ne reste plus que l'os nu de l'existence réduit à sa moelle essentielle. Rien, je le sais aujourd'hui, n'a été plus fort que ta naissance. Des quarante ans qui ont passé depuis, je retiens d'abord que je t'ai aimée. Quel père aurais-je été si, après des décennies d'absence, je t'avais infligé le fardeau de ma maladie ? Que t'aurais-je donné que je ne peux te donner par mes mots ? Ils t'épargnent la vision du corps misérable, l'effroi des batailles perdues, l'amour tourné en châtiment. Au lieu de cela, j'ai à te dire mon admiration de père et la joie que tu aies fait partie de ma vie. Je t'ai regardée grandir, chuter, te relever, toujours entière, toujours singulière, toujours malheureuse. Nous autres Japonais avons appris de notre archipel tourmenté l'implacabilité du malheur. C'est par cet accablement natif que nous avons su transformer notre contrée de cataclysmes en éden, en quoi les jardins de nos temples sont l'âme de ce pays de désastre et de sacrifice. Par mon sang, tu connais la beauté et la tragédie du monde d'une manière que les Français, nourris de leurs terres clémentes, ne peuvent pas entendre. En cette époque à l'envers qu'on nous vend pour moderne, c'est ton âme japonaise qui possède le pouvoir de transformer le désenchantement et l'enfer en un champ de fleurs. Ne m'en veux pas de t'avoir traînée de temple en temple, c'est une fausse facétie et une vraie espérance parce que je connais leur vertu d'apaisement et de métamorphose. Les flâneries et les mots, par-delà les biens et les œuvres, constituent mon legs véritable. Tu es une fleur puissante, imprévisible, opiniâtre, j'ai foi en ta force, en ta détermination, et j'ai l'espoir, aussi, que ces décennies de silence n'auront pas été vaines, que par cette lettre en dépit de la mort tu recueilleras mon cœur, tu recevras mon amour. Alors, sans heurt ni tragédie, ma vie entière passera en toi.

Rose s'allongea à même le sol, les bras en étoile. L'érable vibrait doucement. Je suis chez moi, pensa-t-elle, et elle rit. Longtemps après, elle entendit la porte d'entrée coulisser et les pas de Paul s'approcher. Il s'assit à côté d'elle, s'appuya sur le plancher en passant un bras par-dessus sa taille. Elle prit conscience qu'elle pleurait à larmes silencieuses, fluides et régulières comme la pluie. Il lui caressa le front, recueillit du doigt une larme. Elle le regarda, il la prit dans ses bras, ils allèrent à la chambre. Elle l'attira à elle avec une énergie de noyée et l'étreignit comme la veille. Est-ce qu'un jour, je le désirerai autrement ? se demanda-t-elle. Il y avait entre eux une gravité qui donnait de la ferveur à chaque geste ; leur nudité paraissait à Rose un miracle ; le plaisir était violent, heureux ; Paul la regardait en homme libéré d'un fardeau, avec une joie vierge. Dans la jouissance, il eut un visage qu'elle ne lui connaissait pas, lavé de chagrin, lumineux. Elle se serra contre lui, le dos contre sa poitrine, il l'entoura de ses bras, posa son front sur sa nuque. Plus tard, ils se regardèrent. Derrière lui, Paul chercha sa veste, en sortit une enveloppe frappée du sceau de Haru.

— L'original, dit-il.

Elle s'agenouilla, observa les deux caractères à l'encre rouge du sceau.

— C'est un des idéogrammes les plus complexes de la langue japonaise, ajouta-t-il.

— Ce n'est pas son nom ? demanda-t-elle, mais au même instant, elle comprit et murmura : Rose.

— Personne n'a su jusqu'à sa mort.

Elle ouvrit l'enveloppe, en retira deux feuilles de papier presque translucide. Les lignes à l'encre noire lui firent une sensation d'herbes folles. En haut à gauche, au-dessus du texte, s'égaraient quelques caractères isolés qu'elle caressa de la pulpe du doigt.

— *Seule au-delà règne la rosée*, traduisit Paul.

Puis, comme elle levait un sourcil interrogateur :

— C'est un vers de Keisuke que Haru a fait graver sur sa tombe.

Elle revit les perles de pluie sur la mousse du Saihō-ji, crut y déceler le reflet déformé d'un visage.

— Il a grandi près d'un torrent de montagne, dit-elle. J'aurais plutôt vu un poème d'eau glacée.

— Haru se représentait la vie comme la traversée d'un fleuve d'eau noire à force d'être profonde. Un jour, j'ai entendu Keisuke lui dire : Tu fais bien, la rosée est sur l'autre rive.

Elle perçut en elle un chuchotement inconnu, regarda de nouveau le texte d'herbes mouvantes.

— L'écriture est belle, dit-elle.

— Haru était un marchand, un samouraï mais surtout un esthète.

— Un vrai Japonais, commenta-t-elle.

— Pas en tout, dit-il. À certains égards, il était atypique, il n'avait pas les goûts des hommes japonais de sa génération. Il n'avait pas l'intention de se marier ni de fonder une famille, il ne fréquentait pas les geishas, encore moins les hôtesses. Il y a eu pas mal de femmes occidentales dans sa vie.

— Beth en a fait partie ?

— Oui.

— Elle aimait les hommes japonais ?

— Elle aimait tous les hommes. Elle a eu beaucoup d'amants, même quand elle était mariée.

— J'ai eu beaucoup d'amants aussi, dit Rose.

— J'ai vu, dit-il en souriant. Mais tu n'étais pas mariée.

— Je ne me souviens d'aucun, murmura-t-elle.

Il se tut.

— Pourquoi Haru ne t'a-t-il rien légué ? demanda-t-elle.

— J'ai refusé.

Il se redressa, grimaça.

— Nous en parlerons plus tard, dit-il. Sayoko va rentrer et je veux t'emmener quelque part.

— Pourquoi boites-tu ? demanda-t-elle.

Il ne répondit pas, alla à la salle de bains, en revint douché et habillé. Elle fut frappée de ses traits détendus, de la lumière de son regard ; elle se leva, s'approcha de lui ; il la serra dans ses bras, l'embrassa, rit avec une allégresse de gosse. Elle se doucha et s'habilla à son tour, le rejoignit dans la pièce de l'érable, saisie d'une révérence soudaine. L'arbre s'élevait vers des nuées de cendres, les branches déployées comme des ailes, les feuilles frémissantes, tendues vers le grand brasier invisible. Que se passe-t-il ? se demanda-t-elle. Elle regarda le ciel de nuages gris, lourds d'orage et de tempête, et l'érable grandit encore.

— Rose ? appela Paul du vestibule.

Elle s'arracha à la contemplation de l'oiseau végétal, fit quelques pas, se retourna une dernière fois et, saisie d'une impulsion, s'inclina. Dans l'entrée, Paul lui tendit un parapluie mais, au moment où elle s'avançait vers lui, elle vit les envolées mousseuses du lilas blanc, s'arrêta de nouveau, tenta d'attraper au vol une pensée qui fuyait. Elle s'approcha des grappes ébouriffées sur l'opulence tendre du feuillage et sentit la pensée s'évanouir. Elle suivit Paul ; dans la voiture, elle lui prit la main et la porta à ses lèvres. Ils filaient vers l'est. Kanto les arrêta devant une large allée bordée de pins et d'azalées qui montait vers la colline. Elle menait à un grand porche de bois ouvragé surmonté d'un toit de chaume, continuait au-delà, montait encore. Il pleuvait faiblement, ils marchaient lentement.

— Deux ans après la mort de Clara, j'ai sauté dans la rivière avec Keisuke, dit-il. Nous étions complètement saouls. Nous avons enjambé la rambarde du pont de Sanjō, j'ai atterri sur une pierre, il s'est reçu sans dommage. Après, à l'hôpital, il m'a dit : L'enfer, c'est quand même la mort ne veut pas de toi. Mais l'enfer, pour moi, c'était que j'avais failli à Anna.

— Que lui as-tu dit ?

— La vérité. Que son père était un idiot qui avait trop bu.

Il rit.

— Elle avait quatre ans. Elle m'a dit : Alors bois juste un peu.

L'allée devenait plus étroite ; enfin, elle déboucha sur des murs d'enceinte en pierre ; une grille d'entrée montrait, au-delà, un étagement de tombes.

— Traduire la lettre de Haru a été difficile, dit-il. Sa décision, auparavant, a été difficile. J'aurais aimé que tu le connaisses.

Il s'arrêta devant la grille.

— Où sommes-nous ? demanda-t-elle.

— À Higashi Ōtani.
— Qui se trouve ici ?
— Personne de ma connaissance. Mais c'est un haut lieu de la célébration d'Obon, la fête des morts.

Ils entrèrent dans le cimetière perché sur le flanc de la colline par dizaines d'allées alignant des tombes serrées, marée insensée de pierre grise et muette. Des cris de corbeaux déchirèrent le silence, elle aima leur son étrange et rauque. Paul prit le chemin des étages supérieurs, elle le suivit le long d'escaliers qui changeaient de direction, arriva derrière lui, hors d'haleine, dans l'allée la plus haute. Il s'était appuyé sur une rambarde, elle le rejoignit, s'accouda à son tour et découvrit la scène. À leurs pieds, le gigantesque mausolée ; au-delà, vue du ciel, Kyōto, la cité des merveilles ; au loin, les crêtes sombres d'Arashiyama déployées sur le crépuscule. Il ne pleuvait plus, le ciel était fantomatique, cendré, bordé de traînées noires qui effrangeaient les nuages.

— Obon ? demanda-t-elle.

— Durant Obon, on honore les esprits des ancêtres, on les remercie de leurs sacrifices, on retourne sur la tombe des siens, parfois loin de chez soi, on fait des offrandes aux morts pour soulager leurs peines. Les festivités durent un mois mais à leur point d'orgue, on allume dix mille lanternes, ici, à Higashi Ōtani.

— Des offrandes pour soulager les morts de quelles peines ?

— On dit que *Obon* est dérivé d'un sūtra en sanskrit qui signifie "pendu à l'envers en enfer".

En cette époque à l'envers, pensa-t-elle puis : Tout se fait à l'envers dans ma vie, je connais mon père par l'enfant qu'il a été et par l'homme que je désire.

Paul la regardait, elle se rapprocha de lui, il l'enlaça. Devant eux, Kyōto s'enfonçait dans la nuit. Tout autour, les sépultures, effleurées d'une rosée d'autre rive, frémissaient de la vie invisible des morts. Paul l'embrassa sur la tempe.

— Nous sommes des survivants, dit-il, jusqu'à ce que d'autres nous survivent.

Alors, dans la grande nécropole des âmes pendues à l'envers, Rose devint une autre. En un éclair, elle revit l'érable dans sa cage de verre ; enraciné dans la fluidité des mousses mais libre sous le ciel, donnant autour de lui la vie en ses innombrables mutations, il lui chuchotait une partition de brise et de feuilles ; elle s'y laissa dériver sans peur, sans colère ; à la lisière de sa perception, farandole fondue d'arbres et de fleurs, glissaient les jardins de son père et quelques branches de lilas blanc. Elle inspira, sentit le parfum de la terre, de la pierre, de la fin des choses. Elle se rendit compte que Paul pleurait sans tristesse, abandonné à ses larmes, à sa présence, à son désir pour elle. Elle cria intérieurement d'un cri terrible, magnifique, qui la fit naître et mourir – renaître enfin.

— Il n'y a que l'amour, dit Paul. L'amour et, ensuite, la mort.

Remerciements et gratitude
à
Jean-Marie Laclavetine
Pierre Gestède
Jean-Baptiste Del Amo
Elena Ramírez Rico

Achevé d'imprimer en avril 2022 par Normandie Roto Impression s.a.s.
61250 Lonrai pour le compte des éditions Actes Sud, Le Méjan, Place
Nina-Berberova, 13200 Arles.
Dépôt légal 1re édition : mai 2022
N° impr. : 2201399
(Imprimé en France)